너에게 이뤄질 수 없는 사랑을 하고 있어

도구 코지 장편소설
loundraw (FLAT STUDIO) 일러스트
김진아 옮김

제우미디어

너에게 이뤄질 수 없는 사랑을 하고 있어

kimi ni
kanawanu koi wo
shiteiru
author:
kouji dougu
Illustration:
loundraw (FLAT STUDIO)

도구 코지 지음
김진아 옮김

JMbooks

너에게 이뤄질 수 없는 사랑을 하고있어

제1장

너를 처음으로 만났던 날은 지금도 선명히 기억하고 있다.

4월을 적시는 촉촉한 봄비가 내리던 저녁 무렵이었다. 마일즈 데이비스의 트럼펫 연주곡이 흘러나오는 손님 하나 없이 한산한 가게 안에서 멍하니 잔을 닦고 있는데 문이 벌컥 열렸다. 잔뜩 울어 부은 눈을 한 여자가 큰 발소리를 내며 들어오는 순간, 바로 그 뒤에 너의 모습이 보였다.

여자는 기다란 바 좌석에 앉자마자 바로 푹 엎드리고 말았다.

그 옆자리에 앉은 너는 "신배, 신배." 하고 잔뜩 난처해하며 여자의 어깨를 흔들었다.

내 시선을 알아차린 너는 미안하다는 듯 "이미 술을 많이 마셨거든요." 하고 말했다.

"아침부터 몇 곳이나 주점을 다니며 마셔서요."

사귀던 남자에게 차였다는 너의 선배는 거리를 돌아다니면서 정신없이 홧술을 마셔댔다고 했다. 너는 그런 그녀와 같이 있다가 우연이 이 가게에 들어서게 됐다고 말했다.

엎드린 채로 "술 독한 거로 주세요."라고 웅얼거리는 선배에게 나는 조금 망설이다가 위스키를 내어주었다. 그녀는 고개를 들고 잔을 벌컥 들이켜 비우더니 "끄윽." 하는 소리를 내고 다시 엎드려 새근새근 잠들어 버리고 말았다.

선배를 깨우려고 너는 애를 썼지만 그녀는 좀처럼 술에서 깨지를 못했다.

너는 나에게 사과하면서 "잠시라도 괜찮으니 선배를 여기서 잠시 눈 좀 붙이게 해주세요."라고 말했다.

내가 고개를 끄덕이자 너는 마치 구원이라도 받은 것처럼 미소를 지었다.

그리고 너는 잠시 조용히 있더니 실례라고 느꼈는지 얼른 메뉴판을 집어 들었다. 그러나 당시만 해도 너는 술에 대해 잘 알지 못했기 때문에 무엇을 주문하면 좋을지 모르는 듯했다.

"달달한 술은 어떠세요?"

메뉴판을 손에 든 채로 가만히 굳어져 있던 너에게 나는 도움의 손길을 내밀었다.

너는 얼른 고개를 끄덕였다.

나는 설탕을 조금 많이 넣은 김렛*을 만들어 네 앞에 내놓았다.

너는 그 칵테일을 앞에 두고도 바로 손을 대지 않았다. 마치 보석이라도 보는 것처럼 부드러운 조명 빛을 반사하는 유리잔을 가만히 보면서 눈동자만 빛내고 있었다. 새하얀 수면을 들여다보면서 "예쁘다……." 하고 중얼거렸다.

"마치 달빛이 녹아든 것 같네."

나는 네가 아주 멋진 표현을 쓰는 사람이라고 생각했다. 자연스럽게 입매가 올라가 있었는지 너는 내 얼굴을 보더니 아직 술은 입에 대지도 않았으면서 살짝 낯빛을 붉혔다. 부끄러운 말을 했다고 생각하는 모양이었다.

한참 동안 술을 바라보던 너는 천천히 잔을 집어 들어 한 모금 마셨다. 그리고 '와아!' 하고 외치는 듯한 표정을 지었다.

"맛있네요. 달콤하지만 새큼한 게 아주 맛이 좋아요."

나도 웃으며 고개를 끄덕였다.

"김렛은 여행을 떠나는 사람을 배웅할 때 마시는 술이거든요."

"네?"

"꽃말처럼 칵테일에도 숨은 의미가 있어요. 김렛에는 '잘 가요. 하지만 언젠가 꼭 다시 만나요'라는 뜻이 있지요."

* 진과 라임 주스가 들어가는 칵테일로 새콤한 맛이 난다. 송곳이라는 뜻의 이름에 걸맞는 날카롭게 찌르는 듯한 맛을 가졌다.

"오오, 그렇군요."

"선배분께서 일어나시면 다시 한번 김렛을 만들어 드리겠습니다. 제가 사는 겁니다."

나는 눈을 찡긋해 보였다.

너는 잠시 멍해져 있다가 곧 기쁘게 미소를 지었다.

이날부터 너는 종종 내 가게……『One Tone』을 찾아왔다. 나는 그날그날의 네 기분에 맞춰서 술을 만들었고, 너는 나에게 답하려는 듯 술에 대해 공부해 오기도 했다.

그 이후로 왜 내가 너와 같이 있게 됐는지 정확한 이유는 나도 잘 모른다.

그저 우리는 서로 공명하는 것처럼 만났고, 그렇게 되는 것이 마치 당연한 것처럼 마음이 끌렸으며, 운명으로 정해져 있는 것처럼 언제부터인가 함께 살아가고 있었다.

너라는 사람이 있는 것만으로도 내 세계는 영화처럼 색채를 띠기 시작했다. 아침에 눈을 뜨는 게 기다려졌다. 네가 오늘도 곁에 있다. 잠에 취한 얼굴로 "잘 잤어?"라고 말하는 목소리를 오늘도 들을 수 있다. 너와 함께 지내는 나날은 아깝게 여겨질 정도로 행복하기만 했다. 네가 곁에 있다는 사실이 얼마나 기쁘던지.

아니, 기뻤던지.

약지에 낀 반지로 이어진 우리는 둘이서 가게를 꾸려 나갔다. 장사가 번창할 정도의 경영 상태는 아니었지만, 많은 돈보다 네가 곁에 있는 것만으로도 내 모든 것이 충족되었다.

폐점 후에 뒷정리를 마치고 나서 너와 건배하는 게 내 삶의 보람이었다. 휴일에는 너와 여러 장소를 다녔고 다양한 것을 보고 맛있는 것을 먹는 게 즐거웠다.

네가 웃고, 울고, 화내고, 기뻐할 때마다 나는 언제 어느 때든 네 옆에 있으면서 너의 손을 잡고 곁을 지켰다.

너는 내 전부였다.

그래서 8년 전의 크리스마스 때 네가 갑자기 내 앞에서 사라졌을 때는 크게 놀랐다.

슬픔보다도 나는 놀라움이 더 컸다.

『아내분께서 교통사고로 돌아가셨습니다.』

오후 4시 32분.

개점 준비를 하던 차에 걸려온 전화 너머로 누가 그렇게 말했는지 자세히 기억나지는 않는다. 남자였던 것 같은데 잘 모르겠다.

그 소식을 들은 나는 "네?"라고 되물었다.

『충격이 크시겠지만 일단 진정하시고 들으세요. 아내분께서…….』

"네?" ……그 문답을 몇 번이나 되풀이했을까.

이윽고 나는 "아아, 그렇군요."라고 대답하고 수화기를 내려놓았다. 그러면서 '오늘은 가게 문을 못 열겠네'라고 느긋하게 생각했다. '미리 준비해 둔 수프는 어쩌지?'라는 생각까지 했다.

지금이니까 안다. 너무나도 심한 슬픔에 직면했을 때, 사람은 자아가 무너지는 것을 피하려고 엉뚱한 곳으로 사고를 전환해 버린다. 그건 태어나면서 갖추고 있는 방어 본능일지도 모른다. 미치지 않기 위해 마음이 현실을 받아들이지 않는 것이다.

내가 지금 뭘 하고 있는지 이해하지 못한 채 천천히 나갈 준비를 마치고, 네가 있는 병원으로 향했다.

어두컴컴한 방 안에서 너는 조용히 잠들어 있었다.

네 옆에 있는 책상 위에 마구 구겨진 상자가 놓인 것이 눈에 들어왔다.

나는 네 뺨을 만지는 것보다 먼저 그 상자를 집어 들었다.

더러워져 있지만, 포장지에 그려진 단풍나무가 보였다.

'Happy Birthday'라고 적힌 빨간 리본이 달려 있었다.

나는 그 상자를 열었다.

상자 속 내용물은 엉망으로 깨진 한 쌍의 칵테일 잔이었다.

그 파편 속에 눈사람이 그려진 메시지 카드가 있었다.

'서른 번째 생일을 축하해. 앞으로도 우리 둘이서 즐거운 일을 많이 해보자. 당신 옆에 있는 게 얼마나 행복한지 몰라. 앞으로 잘 부탁해.

아카리.'

너는 여분으로 얼음을 더 사러 가겠다며 가게를 나서서, 내 생일 선물로 몰래 특별 주문한 잔을 유리 제품 판매점에 가지러 갔다.

그리고 돌아오는 길에 트럭에 치이고 말았다.

고통 없이 바로 즉사했다, 트럭 운전기사는 앞으로 어떻게 될 거라는 등 내 옆에 있던 경찰 제복을 입은 누군가가 말했지만, 난 그런 건 귀에 들어오지도 않았다.

나는 조용히 잠든 너를 바라봤다.

이곳에 여전히 있고 아름다운 얼굴을 한 네 얼굴을 만져보았다.

기다란 속눈썹에도, 흰 피부에도 탄력이 남아 있었다.

어깨까지 내려온 검은 머리칼도 안치실의 조명을 받아 반짝거렸다.

하지만 왜 일어나지 않는 거지?

왜 푹 꺼진 눈을 하고 있는 거지?

왜 텅 빈 껍질 같은 몸을 하고 있는 거지?

왜 내 목소리에 대답해 주지 않는 거지?

얼마나 오래 네 이름을 불렀는지.

얼마나 오래 너에게 말했는지.

정신을 차리고 보니 경찰 제복 차림의 누군가도 없었다.

너는 결국 끝까지 일어나지 않았다.

나는 지금도 네가 이 세상에서 사라졌다는 것을 믿지 않는다.

그때 내가 그 방에서 만났던 너는 너지만, 네가 아닌 존재였으리라. 네 모습을 하고 있지만, 그건 네가 아니었다. 너와 매우 닮은 '뭔가'였다.

하지만 뭐가 어떻든 간에 너는 내 앞에 나타나지 않았다. 너를 보고 싶다. 너무너무 만나고 싶다. 꼭 안아주고 싶다. 그리고 평소처럼 네 머리칼 냄새를 맡고 네 따듯함을 느끼고 싶다. 네 목소리를 듣고 싶다. '어디 갔었던 거야?'라고 물으며 으스러지게 안아주고 싶다.

너는 그 어디에도 없다.

시간이 있으면 자주 너를 찾아 이 가게 부근을……와세다를 어슬렁거렸지만 너를 찾을 수가 없었다. 네가 없으니 가게 영업이 끝나고 나서 너와 건배도 할 수 없다.

그래서 가게 문을 열 이유도 없지만 어쩌면……어쩌면 네가 돌아올지도 모른다는 마음만 가슴에 고여 있을 뿐이었다.

네가 어느 틈에 돌아와서 나보다 먼저 가게 안에서 영업 준비를 하고 있을지도 모른다.

가게에 늦게 들어선 나를 보고 "왜 이렇게 늦었어?"라고 웃어줄지도 모른다.

언제나처럼 웃으며 그곳에 있을지도 모른다.

그런 희망을 버리지 못하고 나는 『One Tone』에 가지 않을 수가 없었다.

그리고 잠긴 문을 열고 가게 안을 빙 둘러보면서 네가 없다는 것을 다시금 깨닫는다. 창문을 통해 새어드는 석양, 흔들리는 주황빛 커튼에 네 모습을 비춰 보며 나는 어깨를 멍하게 떨궜다.

"어디 있어?"라고 나 홀로 가게 안에서 소리 내어 불러봤다.

고요가 답한다. '나 여기 있어'라는 네 목소리가 안 들린다.

한숨을 쉬고 있자니 개점을 알아차린 단골손님이 찾아왔다.

나는 카운터 앞에 서지 않을 수가 없었다.

그렇게 질질 끄는 나날이 8년이나 이어졌다.

그날부터 줄곧 너를 만나지 못하고 나는 어느새 38세가 됐다.

네가 없는 나날은 참 괴롭다. 너를 보지도 못하고 산 지 8년, 나는 가게에 갈지 안 갈지 그날에 따라 정하고 있었다.

그건 '보나 마나 오늘도 네가 가게에 없으니까'라는 마음에서 온 것은 아니다.

8년 동안 너를 만나지 못한 나날을 보내는 사이, 나는 의식적으로 '너를 만나는' 요령을 터득해 냈다.

그 방법이란 '술독에 빠진 것처럼 잔뜩 술을 마신다'라는 단순명쾌한 것이었다.

도수가 강한 술을 골라 머리가 어지러울 정도로 취해 좌우도 알 수 없게 되면 곧 위장에서 시큼한 것이 치밀어 올라 가슴이 답답해서 전부 토하고 쓰러질 수밖에 없다……. 그런 경지에 이르면 가끔……아주 가끔 너를 만날 수 있다.

눈앞에 마치 수증기처럼 흐릿하게 네가 나타나곤 한다.

쓴웃음을 지으며 "이제 그만 마셔."라고 말하는 너를 만날 수 있다.

나는 네 쪽으로 손을 뻗는다. 그러나 너를 만질 수가 없다. 그리고 네 윤곽은 그 짧디짧은 만남 속에서 점점 흐릿해진다.

"아카리!"

네 이름을 부르지만 너는 다정한 미소만 지으면서 내 앞에서 사라진다. 아카리, 아카리, 아카리. ……이름을 계속 부르지만 어느새 너는 사라지고 없다.

정신이 번쩍 들어 눈을 뜨면 아침이다. 네가 옆에 없는 아침.

그저 미친 듯이 술을 마시고 의식이 이리저리 흔들리는 그 순간만 네가 있다.

술에 취해서 보는 환각일지도 모른다. 너는 내 꿈속에만 자리하는 것일지도 모른다.

나는 화장실로 가서 변기에 꿈의 찌꺼기를 토해낸다. 피가 섞인 토사물이 쏟아진다. 그리고 서둘러 다시 침대 위로 쓰러진다. 그리고 또다시 토하러 간다. 그걸 반복한다.

지옥 같은 숙취가 이어지고 몸도 제대로 움직일 수 없게 되어 가게에 일하러 갈 수도 없다.

바로 그런 날은 결근이다.

웅웅 울리는 머리를 주체하지 못하고 누워만 있다.

너무 괴로워서 잠에 빠질 수도 없다.

그래도 나는 충족감에 사로잡힌다. 잠시라도 너를 만났으니까.

기쁘다.

거짓된 너라도, 내 머리로 만들어낸 너라도 만나서 기쁘니 말이다.

이기적이라고 할지언정 이것만큼은 어쩔 수 없다.

아카리. 화내지 않을 테니까 언제든 돌아와.

꿈의 바깥에서 널 보고 싶어.

내가 출근하지 않는다고 해서 『One Tone』이 휴업하는 건 아니다. 결근 때는 아르바이트 직원인 아카쓰키에게 가게를 전부 맡기고 있기 때문이다.

그는 원래 전문 뮤지션을 목표로 했다. 그러나 어떤 이유로 밴드가 해산되고 그 꿈을 포기한 후, 어엿한 바텐더가 되고자 내 밑에서 수행을 하는 중이다.

네가 사라지고 4년이 지났을 무렵 그는 개점 전의 『One Tone』에 갑자기 찾아와 영업 준비를 하던 내 앞에서 갑자기 무릎을 꿇었다. "부디 여기서 일하게 해주세요."라며 내가 달랠 때까지 조금도 머리를 들려 하지 않았다.

이야기를 들어보니 그는 이전에 손님으로 이 바를 찾은 적이 있었단다. 그때 마신 술의 맛을 잊지 못하고 자신도 바텐더가 되고 싶다는 꿈을 품었다고 한다.

"그렇게나 맛있는 술을 만들 수 있는 이부키 씨가 꼭 제 선생님이 되어주시면 좋겠습니다."

괜한 인사치레인지 진심인지는 알 수 없었다. 꿈을 포기한 상황이니 일자리를 구하려고 애를 썼던 것일지도 모른다.

"아르바이트 모집은 안 합니다."라고 나는 조용히 거절했으나 그는 조금도 물러서지 않고『One Tone』에서 일하고 싶다며 매달리면서 나를 설득하려 했다. 과묵한 그가 술에 취한 것도 아니고 그렇게나 열변을 토한 건 과거에도 앞으로도 이 때뿐이 아니었을까.

네가 없고 나서 일손이 부족해진 건 사실이었다. 그리고 이 때는 내가 쉬면 어쩔 수 없이 가게 휴업을 해야 하는 상황이어서, 어쩌면 이것도 좋은 기회가 아닐까 하는 생각이 들었다. 그래서 그를 고용하게 됐다.

그는 매우 노력파고, 진지하면서도 성실한 청년이었다. 26세라는 나이에 어울리지 않게 잔잔한 파도 같은 차분함이 있었다. 짧은 검은 머리, 조용한 눈동자, 쭉 뻗은 콧날, 큰 키, 낮은 목소리. 나는 '뮤지션'이라면 다소 화려한 인상이 있을 줄 알았는데 전혀 반대인 그의 외모는 오히려 의외였다.

그리고 극단적으로 말수가 적은 그의 과묵함도 나에게는 신선했다.

그는 일에 대한 것이 아니면 좀처럼 입을 열지 않는다. 어느 날은 '네', '아니요'라는 말만 들은 적도 있다. 조개가 살짝 거품을 토하는 것처럼 한두 마디 말을 꺼내고 나면 그 이후는 입만 꾹 다물고 작업에만 집중한다.

의사 표현은 서툴지만 바텐더로서의 솜씨는 나쁘지 않다. 맛도 잘 알아차린다. 소질이 있다고 봐도 좋다. 그는 내 좋은 동료였다. 네가 돌아올 때까지 그리고 네가 돌아온 후에도 이 가게에서 함께 일하고 싶다고 여겨질 존재였다.

그렇게 아주 우수하게만 보이는 그였지만, 한 가지 문제가 있었다.

술에 취하면 그는 아주 독설가로 변한다는 것이다.

그는 결코 술이 약하지는 않지만, 어느 일정 선을 넘어가면 바로 눈빛이 변하면서 판결을 내리는 염라대왕처럼 험악해진다.

그건 비번이었던 그가 손님으로 가게를 찾아왔을 때의 일이다.

어쩐 일인지 테킬라를 쇼트로 7잔이나 마신 그는 곧 바 의자 위에 책상다리로 앉아서 실실 하품을 하기 시작했다. 그러더니 나에게 상사에 대한 푸념을 토로하고 있던 옆자리 회사원에게 갑자기 "그렇게 힘들면 당장 회사를 때려치우든가, 상사를 죽이든가 해. 아니, 그냥 당신이 죽어."라고 쏘아붙였다.

"토해서 속 편해지는 고민은 다 가짜야. 당신은 분명 그렇게 푸념하는 것 자체를 은연중에 즐기는 거라고. 난 당신 같은 인간이 제일 싫어."

나는 어안이 벙벙해진 회사원에게 연신 고개를 숙이며 원을 그리듯 머리를 빙빙 돌리는 그를 가게 안쪽 방으로 데리고 갔다.

평소에는 아무 문제도 일으키지 않는 그였지만, 그는 가끔 고삐가 풀리기라도 한 것처럼 잔뜩 술을 마시고 자기 속 깊은 곳에 쌓인 독을 죄다 토해내듯 말을 쏟아낸 후, 마치 자아를 잃기라도 한 것처럼 기분 좋게 잠든다.

그리고 다음 날에는 아무 일도 없었다는 것처럼 태연하다.

참 재미있는 청년이다. 분명 너와도 친해질 수 있을 것이다.

그렇게 나태하다고 비난해도 반론의 여지가 없는 나날이 이어졌다.

네가 없어진 지 8년.

여러 일을 돌아보지 않고 술에만 빠져 사는 나를 신이 마침내 보다 못했던 걸까.

세찬 바람이 불던 어느 봄날, 아주 기묘한 일이 일어났다.

나는 아침부터 술에 찌들어 피가 살짝 섞인 구토를 한 후 잠들어 있었다. 꿈은 꾸지도 못해서 너를 만날 수도 없었다. 알코올에 대한 내성이 생겨서 그런지 구토는 해도 쉽게 취하지 못하게 됐다.

눈을 뜬 저녁 무렵, 나는 외로움을 조금이라도 떨쳐내기 위해 네가 '있다'라고 했던 장소인 조시가야 공원묘지에 갔다.

네 묘비 앞에 먼저 꽃을 바치고 손을 모아 합장하고 있자니 마음이 푸른 저 하늘에 빨려 들어갈 것 같은 기분이 들었다. 너무나 쓸쓸해져서 더욱 널 보고 싶어졌다. 가게를 쉬기로 하고 아카쓰키에게 연락해서 가게를 부탁했다. 히가시이케부쿠로역 바로 근처에 있는 주점 '미유키야'에서 술을 마시기로 했다.

자정까지 좀처럼 취하지 못해 맥주를 들이켜고 있던 나는 "이제 폐점입니다."라고 말하는 주인의 재촉에 가게를 나섰다.

너를 만날 수 있을 정도로 취하지 못했다. 실망한 나는 살짝 달아오른 몸을 식히기 위해 전철을 타지 않고 걸어서 와세다에 있는 집으로 걸어갔다.

히가시이케부쿠로역에서 와세다 부근까지는 걸어서 30분 정도 걸린다. 제법 멀지만 별이 총총히 뜬 아름다운 밤이어서 귀찮다는 생각은 들지 않았다.

비틀거리며 귀갓길에 오른 나는 저녁과 마찬가지로 다시 조시가야 공원묘지를 지났다.

점점이 밝혀진 가로등의 흐릿한 빛에 비쳐 묘지는 현실감이 없는 유원지처럼 보였다. 기왕 여기까지 왔으니 네가 '있다'고 했던 묘지에 가보려고 했으나 느슨한 취기 때문인지 아니면 어둠 때문인지 좀처럼 그곳을 찾을 수가 없었다. 미지근한 바람이 불며 땀방울이 서서히 맺혔다.

나는 너를 찾아 공원묘지를 비틀거리며 헤맸다.

그러다가 곧 나는 '이초 거리'라는 길목에 들어섰다.

문득 오른편에 아주 큰 묘석이 있다는 것을 알아차렸다.

주변 분위기와는 동떨어지게 마치 탱크처럼 위압감까지 가진 그 묘석에는 '메쓰나'라는 글자가 적혀 있었다.

메쓰나…… 아니, 왼쪽에서 오른쪽으로 읽으면 그렇지만, 반대로 읽으면 이건 '나쓰메'다.

그러고 보니 조시가야 공원묘지에는 그 유명한 나쓰메 소세키의 묘지가 있다고 했다.

이 거대한 묘석이야말로 나쓰메 소세키의 묘라는 걸 안 나는 그 자리에 우뚝 섰다.

나쓰메 소세키……. 그 이름에서 제일 먼저 생각난 것은 『나는 고양이로소이다(吾輩は猫である)』였다. 학창 시절에 그 작품을 읽었던 기억은 이미 흐릿하지만 분명 '나(吾輩)'라고 지칭하는 고양이가 주인인 구샤미 선생의 일상을 재미있게 그려낸 소설이었다.

주인공인 고양이는 마지막에 맥주 술통에 빠져 죽었지만 말이다.

"흥."

나쓰메 소세키의 묘석을 바라보며 나는 코웃음을 쳤다.

맥주 통에 빠져 죽다니…… 얼마나 부러운 일인지.

맥주의 바다를 다 마실 기회를 놓친 고양이는 참으로 어리석다.

맥주는……술은 너를 만나기 위한 마법이다.

빠져서 허우적댈 정도의 마법이 있다면 그보다 행복한 일도 없다.

나쓰메 소세키의 묘석을 바라보고 있자니 그 주인공 고양이에 대한 질투심이 솟구쳤다. 야, 넌 거기 빠져서 뭘 허우적대냐? 이렇게나 마셔도 부족한데. '와가하이(吾輩)'라는 1인칭을 보건대 주인공 고양이는 수컷일 것이다. 수컷 주제에 사나이가 술통 하나 가득한 맥주도 다 못 마시고 죽어버리다니.

"한심하긴."

나는 나쓰메 소세키 묘석을 향해 중얼거렸다.

"만약 내가 술통에 빠진다면 거기 담긴 맥주를 전부 다 마셔버렸을 텐데. 너 사실은 암컷 아니냐? 이 얼빠진 고양이 같으니. 술도 못 마시는 남자라니, 달린 것도 떼어버려라. 부끄러운 줄 알라고."

그리고 마지막으로

"이 멍청한 고양이!"

라고 나 자신도 깜짝 놀랄 정도로 큰 소리가 튀어나왔다.

그때였다.

내 발밑을 뭔가가 슥 지나갔다.

"으악." 하며 안 그래도 비틀거리던 발이 꼬여 나는 돌바닥 위에 털썩 주저앉고 말았다.

둔탁한 통증을 느끼면서 나는 주변을 둘러봤다.

묘석 위를 폴짝거리며 뛰어 올라가는 동물이 있었다.

그건 한밤의 어둠 속에 모습을 감출 정도로 새카만 고양이였다.

검은 고양이는 묘석 위에서 엉덩방아를 찧은 나를 가만히 바라보았다.

나도 검은 고양이를 조용히 응시했다.

"야." 하고 불러봤지만 고양이는 움직일 기색도 보이지 않았다.

그렇게 검은 고양이가 젖은 칼날처럼 촉촉이 빛나는 파란색 눈동자로 3분은 족히 바라봤을까.

나는 자리에서 일어나 엉덩이를 툭툭 털었다.

묘지에는 자주 고양이가 돌아다닌다. 묘지에 바친 음식을 노리러 온다는 말을 들은 적이 있다.

『나는 고양이로소이다』를 생각하던 사이에 우연히 고양이가 나타나는 바람에 놀라 넘어졌다……. 지금 나와 그 소설 속 고양이 중 누가 더 한심할까.

나는 시선을 돌리지 않는 검은 고양이를 흘끔 본 후, 묘석 앞을 떠나려 했다.

그때였다.

"이봐."

누군가가 부르는 소리가 들렸다.

다시 한번 주변을 둘러봤으나 근처에는 아까 그 검은 고양이밖에 없었다. 이제 와서 술기운이 도나 해서 머리를 절레절레 흔들며 다시 걸음을 옮기려 하던 순간이었다.

"이봐, 내가 부르잖아."

나는 뒤를 돌아봤다.

묘석 위에 검은 고양이가 똑바로 나를 주시하고 있었다.

"너한테 말을 건 건 바로 나라고."

입매가 움직이는 건 아니었지만, 목소리는 분명 검은 고양이에게서 들려왔다. 소년처럼 맑은 목소리였다.

"너 나를 실컷 우롱했지?"

나는 입을 떡 벌릴 뿐이었다.

"내가 얼마나 기분 나빴는지 알아?"

"……뭐야, 무슨 마술인가? 몰래카메라 같은 건가?"

"네가 얼마나 실례되는 말을 했는지 알아? 나는 맥주의 바다에 빠지면서 이 세상의 진리를 깨달았어. 내가 아주 유명한 고양이라는 건 너도 잘 알겠지. 이 땅에 생명을 가지고 태어난 자라면, 이 세상의 진리를 이해한 자를 크게 칭찬해야 하는 거 아닌가? 그런데 감히 조롱하고 비웃기나 하다니."

"거기 누가 근처에 숨어 있는 거지?"

"너는 술을 못 마시는 자의 심정을 모르는 모양이구나."

검은 고양이는 차가운 목소리로 말했다.

"그러면 그 몸으로 직접 깨닫는 게 좋을 거다."

검은 고양이는 묘석에서 가볍게 내려왔다.

그 순간, 오른손 손등에 날카로운 고통이 스쳤다.

고양이 발톱이 할퀴는 바람에 나는 짧은 비명을 질렀다.

탁 하고 착지한 검은 고양이는 그대로 조용히 다가와 내 오른발에 코끝을 댔다.

그때 지구가 핑그르르 돌 정도로 지진이 일어난 줄만 알았다.

마치 복부를 얻어맞은 것처럼 위가 빙그르르 회전한 것과 동시에, 뇌 속에서 큰 종이 꽝꽝 울리는 듯했다. 무릎을 꿇으며 토하려고 했지만 헛구역질만 나올 뿐이었다. 소리라고 할 수 없는 소리와 함께 침이 줄줄 흘러나왔다.

숙취와는 비교할 수 없을 정도의 불쾌감이 큰 파도가 되어 몸을 덮쳤다. 사지 어딘가를 조금이라도 움직이면, 마치 다 쓴 폐기름처럼 거북한 기분이 들면서 심한 고통에 의식이 날아갈 지경이었다.

돌바닥 위에 쓰러진 내 눈앞에 검은 고양이의 작은 얼굴이 비쳤다.

"끔찍할 정도로 괴롭지?"

검은 고양이가 말했다.

"너한테 입도 못 댈 정도로 술이 약해지는 저주를 걸었어. 이제 한 방울이라도 술을 마시면 엄청난 고통에 시달리게 될 거야. 나를 모욕한 벌이지."

나는 결국 나쓰메 소세키 묘 앞에서 쓰러진 채로 밤을 새웠다. 다행히도 술에 취한 학생이 지나가다가 나를 보고 "귀신이다!"라며 비명을 지른 것 외에 큰 문제는 일어나지 않았다.

주변이 서서히 밝아질 즈음, 그제야 몸을 움직일 수 있게 됐다.

어느새 검은 고양이는 자취를 감추고 없었다.

나는 비틀거리며 히가시이케부쿠로역으로 가서 첫차를 타고 와세다에 있는 내 집으로 돌아갔다.

어젯밤 그 일은 대체 뭐였을까.

끙끙거리며 샤워를 한 후, 다시 잠을 청하기로 했다. 아직 불쾌감이 사라지지 않아서 식사는 하지 않았다.

그다음에 일어나자 이제 완전히 저녁이 다 되어 있었다. 물을 마시러 주방으로 갔을 때 나는 어젯밤 벌어졌던 그 일을 도저히 믿을 수가 없었다.

어젯밤 묘석 위에서 뛰어내린 고양이가 할퀴면서 생긴 내 오른손 손등 위의 상처가 따끔거렸다.

나는 멍하게 상처를 바라봤다.

그 말하는 고양이가 『나는 고양이로소이다』의 주인공이라도 된다는 걸까.

가공의 존재가 망령이 되어 내 앞에 나타나기라도 한 걸까.

그리고 나는 정말로 술을 못 마시는 인간이 된 걸까.

저주에 걸린 순간, 몸 안에 남아 있던 술 때문에 갑자기 속이 안 좋아 졸도까지 한 걸까.

아니, 설마 그럴 리가.

검은 고양이의 저주도 전부 망상이다.

술김에 꿈을 꾸고, 취해서 넘어지고, 그래서 다친 것뿐이다.

쉽게 확인해 볼 방법이 있다.

나는 냉장고를 열었다. 삿포로 블랙 라벨 맥주 캔이 즐비하게 늘어서 있다.

하나를 집어 캔을 땄다.

입구에 코를 대고 훅 냄새를 들이마신 순간, 머릿속에 뱀이 기어가는 감각이 덮쳐왔다.

견디지 못하고 캔을 떨어트리고 말았다.

바닥을 구르는 캔에서 새어 나온 맥주의 탄산 소리가 들린다.

나는 경악하고 말았다.

그렇게나 마시고 싶어서 안달이 났던 맥주를 몸이 아예 못 받아들이고 있었으니 말이다.

그건 망상이 아니었던 건가?

검은 고양이가 내 발에 코끝을 댄 순간, 정말로 '저주'에 걸린 것일까……?

잠시 멍하게 있었지만 뒹구는 맥주 캔을 바라보던 사이 어떤 희망이 솟구쳤다.

몸이 못 받아들이는 건 맥주뿐일지도 모른다.

그렇다. 어젯밤 잔뜩 술을 마신 바람에 위장이 음식물을 거부하는 게 분명하다.

당장 식품을 보관하는 찬장을 살펴봤지만, 다 마셔버린 탓에 어디에도 맥주 이외의 술은 보이지 않았다. 위스키도, 소주도, 일본주도, 츄하이라도 괜찮다. 뭐든 간에 시험해 보지 않을 수가 없었다.

편의점보다 가까운 거리에 『One Tone』이 있다.

나는 집을 나와 빠른 걸음으로 가게를 향했다.

저녁 어스름이 내려앉은 가이엔히가시 거리, 『One Tone』의 가게 앞에서 아카쓰키가 영업 준비를 하고 있었다. 간판을 세우고 있던 그가 나를 보더니 "안녕하세요."하고 머리 숙여 인사했다.

그는 '오늘은 웬일로 일찍 출근하셨네요'라는 눈빛으로 나를 바라봤다. 물론 말은 하지 않았다. 그와는 벌써 알고 지낸 지 4년이나 돼서 표정만 봐도 무슨 말을 하고 싶어 하는지 알아차릴 수 있게 됐다.

"아카쓰키, 잠깐 미안해."

나는 얼른 가게에 들어가 바 안쪽에 늘어선 선반에서 가장 가까운 곳에 있던 네모난 술병을 집어 들었다. 잔에 술을 따라 조심스럽게 코를 대어 냄새를 맡아보았다.

맥주캔처럼 나는 잔을 내던지고 말았다.

시끄러운 소리가 나자 깜짝 놀란 아카쓰키가 달려왔다.

"무슨 일이에요?"

나는 대답하지 않고, 이번에는 럼이 담긴 병을 열어 냄새를 맡았다. 내던지려는 술병을 아카쓰키가 얼른 붙잡았다.

진도, 워커도, 테킬라도, 브랜디도, 소주도…… 모두 소름이 돋아 내던지는 병들을 아카쓰키가 태연히 받아냈다.

맥주만이 아니다.

온갖 술에 거부 반응이 일어나고 있다.

이렇게나 정신이 아득해진 것도 참으로 오래간만이다. 이 세상 어디에 술을 못 마시는 바텐더가 있을까. 이래서는 손님에게 제공하는 술의 맛을 확인하는 것조차 할 수 없다.

아니, 그런 건 아무래도 좋다.

아카리.

너를 만날 방도가 사라지고 말았다.

나는 바에 기대어 망연자실했다. 가슴 한가득 술병을 안아 든 채로 의아한 표정을 짓던 아카쓰키와 눈이 마주쳤다. '대체 무슨 일인데 그러세요?'라는 눈빛이었다.

이 상황을 어떻게 설명하면 좋을까.

무슨 말을 하려고 입을 연 순간, 아카쓰키가 작게 "아." 하는 소리를 냈다. 그 시선은 가게 입구를 향해 있었다.

"고양이네."

열린 문틈으로 유유하게 들어온 건 바로 어젯밤 만난 그 검은 고양이였다.

검은 고양이는 바 위로 폴짝 뛰어오르더니 내 앞으로 다가왔다.

"술을 못 마시는 자의 심정을 이제 잘 알겠지?"

그때와 똑같은 맑은 목소리였다.

"그러니까 너도 술 못 마신다고 바보 취급하면 안 돼. 그 고통이 얼마나 심한지 이해가 좀 가?"

궁금한 것이 목구멍을 가득 메웠지만 우선 물어보고 싶은 건 한 가지였다.

"어떻게 하면 저주를 풀 수 있나요?"

술맛을 못 보는 것도, 바텐더로서 생활할 수 없는 것도 다 좋다. 다만 꿈속에서도 너를 만날 수 없게 되는 것만큼은 이 몸이 잘려나가는 것보다 더 괴로운 일이다. 술을……너를 만나기 위한 마법의 약을 금지당하는 건 나에게 있어 생명을 잃는 일보다 더 고통스럽다.

"당신을 놀린 건 사과할게요. 그러니까 제발 저주를 풀어주세요. 술을 못 마시게 되면 전 죽어요."

"술을 그렇게 벌컥벌컥 마시는 게 더 빨리 죽을 것 같은데."

"부탁입니다. 뭐든 다 하겠습니다. 제발요."

검은 고양이는 "흐음~?" 하고 중얼거리더니 앞발로 얼굴을 씻었다.

"넌 왜 그렇게 술을 마시려고 하는데?"

나는 망설이다가 "좋아하니까요."라고 대답했다.

검은 고양이는 놓치지 않았다.

"지금 시선을 돌렸지? 거짓말한 거구나."

나는 뜨끔했다.

"설마 제가 거짓말을."

"아니, 내 눈은 못 속여. 나는 평소에 인간의 생태를 주의깊게 관찰하니까."

나는 아카쓰키 쪽을 흘끔 쳐다봤다. 그는 미간을 좁힌 채 그냥 서 있기만 했다. 갑자기 찾아온 고양이가 말을 하고 게다가 그에 맞춰 대화까지 하는 내 모습에 이게 꿈인지 생시인지 판단 중인 모양이다.

그 앞에서 이런 말까지 하고 싶지는 않았으나 이 검은 고양이에게는 그 어떤 거짓말도 통하지 않을 거라는 확신 같은 것이 들었다.

그래서 나는 솔직히 고백하기로 했다.

"술에 취하면 가끔 꿈에서 죽은 아내를 만날 수 있어요."

다시 곁눈질로 아카쓰키를 살폈으나 그는 미동도 하지 않았다. 경멸의 눈빛을 보내고 있지 않을까 했는데 그렇지 않아서 살짝 안도했다.

검은 고양이는 잠시 무슨 생각에 잠긴 듯 입을 다물었다. 그리고 곧 자세를 고쳤다.

"죽은 아내를 만나기 위해 술을 마시는 거라고?"

"네, 맞아요. 그러니까 저한테서 술을 빼앗지 마세요. 제 삶의 유일한 희망이라고요."

검은 고양이는 잠시 가만히 있더니 콧구멍을 삼각형으로 모아 벌름댔다.

"너는 낯빛이 참 시커먼 것 같아. 그것도 자연적으로 생긴 검은 빛이 아니야. 간 손상이 심한 거겠지."

고양이는 말했다.

"심한 음주로 몸을 망가뜨리면서까지 이제 세상에 없는 아내를 꿈속에서라도 만나고 싶은 거야?"

따로 검사를 한 건 아니지만, 간이 망가졌다는 것을 막연히 알아차리고 있긴 했다.

"네가 어리석다고 생각하지는 않아?"

"어쩔 수 없는 일이에요."

"그러다 금방 죽어."

"그건 그것대로 괜찮습니다."

"어휴……."

검은 고양이는 귀를 쫑긋 세우고 동그란 눈으로 나를 쳐다봤다.

나와 검은 고양이는 어젯밤 처음 만났을 때처럼 잠시 서로를 바라봤다.

"……나 참, 인간만큼 이해하기 힘든 존재도 없다니까."

그리고 검은 고양이는 일어나 출구를 향해 바 위를 타박타박 걷기 시작했다.

"그렇다면 더더욱 그 저주를 풀어줄 수는 없지. 죽고 싶은 사람을 돕는 건 싫으니까."

"그럴 수가! 잠깐만요, 검은 고양이님."

"따지고 보면 난 널 도운 거야. 네 목숨을 구한 거라고."

"당신에게 제 인생의 희망을 빼앗을 권리는 없다고요."

이제 나는 거의 울기 일보 직전이었다. 달려들 듯 검은 고양이의 꼬리를 붙잡으려고 했다. 그러나 검은 고양이는 가볍게 피했고 뻗어 나간 내 손은 허공만 갈랐다.

"이번 기회로 자신을 되돌아보는 게 좋을 거야."

그리고 검은 고양이는 "그럼 다음에 다시 올게."라는 말만 남긴 채 몸을 휙 돌려 가게를 나갔다.

나는 주저앉은 채 검은 고양이가 사라진 문 너머의 거리를 멍하게 바라보기만 했다. 미동도 안 하고 서 있기만 한 아카쓰키가 사실은 너무 놀라, 서서 기절했다는 걸 알아차린 건 마침 안으로 들어선 얼음 판매점의 마호 씨가 "아니, 거기서 뭐 하는 거예요?"라고 물었을 때였다.

• 🍸 •

그 이후로, 술에는 입도 대지 못하는 생활이 시작됐다.

술에 취할 수가 없으니 집에 있어도 할 일이 없었다. 그리고 '또 오겠다'라고 한 검은 고양이의 말에 희망을 가지지 않을 수가 없었다. 그러니 자연히 출근하게 됐고 단골손님들도 "요즘은 가게에 매일같이 마스터가 있네요!"라며 놀라워했다.

그리고 한 방울도 술을 마시지 못한 나날이 일주일이나 이어졌다.

꿈속에서도 너를 만나지 못하는 일주일은 지옥이었다. 금주로 인해 건강이 점점 나아지는 만큼 마음의 괴로움은 커져만 갔다.

밤마다 '어쩌면 오늘은 괜찮지 않을까'라며 맥주를 핥아볼 생각으로 시도했다가 냄새만으로도 어지러워, 취기가 아닌 다른 역겨움이 닥쳐오는 바람에 서 있을 수도 없었다. 어깨를 떨구고 이불에 들어가도 좀처럼 잠이 오지 않았다.

술에 취해야 너를 만날 수 있는데.

네가 나타나지 않는다는 걸 아는데도 잠들다니 그보다 의미 없는 짓도 없다.

나는 그 검은 고양이를 기다리며 계속 가게에 나갔다.

그러나 검은 고양이는 다시 나타나지 않았다.

술을 마시지 못하는 체질이 된 지 열흘째, 인내심에 한계가 왔다.

이제 나도 모르겠다.

점심 지나서 오픈 준비가 끝난 후 가게에 들어간 나는 천천히 네모난 술병을 집어 들었다. 그 모습을 본 아카쓰키가 뭐라고 말하는 것보다 빨리, 나는 뚜껑을 열어 병째로 술을 들이켰다.

"이부키 씨!"

아카쓰키의 외침이 아득하게 들렸다. 뇌가 폭발하며 귀에서 연기가 뿜어져 나올 것만 같았다. 목 안쪽에서 불이 활활 타올랐다. 선반 쪽으로 넘어져 부딪치는 바람에 술병과 잔까지 모두 넘어뜨리면서, 나는 엄청난 소리와 함께 쓰러지고 말았다.

몸 안의 모든 장기가 타들어 가는 기분이었다. 그 뜨거운 고통과 함께 강렬한 구토감이 밀려왔다. 그러나 토할 수가 없었다. "우욱." 하고 입을 벌렸지만 침만 흐를 뿐 고통의 근원은 나오지 않아 좀처럼 속을 달랠 수가 없었다.

깨진 잔을 피해 무릎을 꿇은 아카쓰키가 내 상체를 일으키며 "괜찮으세요?" 하고 물었다.

"갑자기 그렇게……."

그에게는 이미 내가 술을 마시지 못하게 된 사정을 전부 설명했다. 처음에는 "그런 말도 안 되는 일이."라며 못 믿겠다는 눈치였지만, 실제로 말하는 고양이를 목격하기도 했고 또 나의 이 심각한 꼴을 보고 말았으니 사실로 받아들이지 않을 수 없었다.

취기와는 다른 고통에 몸을 비틀면서 나는 "잠들고 싶어."라고 말했다.

"이대로 잠에 빠지고 싶어. 그리고 꿈을 꾸고 싶어."

그리고 잠깐이라도 좋으니 아내를 만나고 싶다.

거기까지는 말하지 않았지만, 아카쓰키는 내가 갑자기 술을 찾은 이유에 대해 어렴풋이 눈치를 챈 것 같았다.

그는 신음하는 나를 조용히 눕히고 유리잔에 물을 담아 왔다. 내 상체를 일으켜 자기 무릎 위에 기대게 한 채 조용히 물을 마시게 하려고 했다.

"아아, 또 술 마신 거야?"

조명을 끈 가게 저 안쪽 어둠 속에서 갑자기 목소리가 들렸다.

아카쓰키와 나의 "앗." 하고 놀라는 소리가 겹쳤다.

어둠 속에서 녹아 나오듯 검은 고양이가 모습을 드러냈다.

왔구나. 드디어 와주었구나.

검은 고양이가 꼬리를 흔들며 내 쪽으로 타박타박 다가왔다.

"저주에 걸린 상태에서 술을 마시면 얼마나 괴로운지 이제 충분히 알겠지?"

검은 고양이가 말했다.

"그렇게 술을 마시고 싶어?"

초점이 흔들려 앞도 제대로 안 보이는 나는 고개를 끄덕였다.

검은 고양이는 동그마니 앉아 내 얼굴을 올려다보았다.

"그렇게 아내가 보고 싶어?"

"그래, 보고 싶어."

나는 힘을 쥐어 짜냈다.

"아내를 다시 만날 수만 있다면 뭐든 다 할 수 있어. 내가 살아 있는 어느 시간 속에서……. 그게 설령 허상에 불과하더라도 다시 한번 아내를 만날 수만 있다면 간이 망가지더라도 그러다가 죽더라도 상관없어."

모기가 우는 것 같은 중얼거림이었다.

"술은 아내를 만나기 위한 유일한 마법이야."

가게에 정적이 내려앉았다.

또렷하지 않은 의식 속에서도 고통과는 다른 부끄러움이 치솟았다. 아카쓰키가 곁에 있는 것도 신경 쓰지 않고 심정을 토로한 나 자신이 참으로 한심하게 느껴졌다.

그러나 아무리 꼴사나워도 너를 만나고 싶어서 제발 저주가 풀리기를 바랐다.

"꿈이든 거짓이든 유령이어도 좋아."

검은 고양이를 향해 진심을 말하지 않을 수가 없었다.

"언제든 좋으니 내 앞에 나타나면 좋겠어. 다시 한번 만나고 싶어."

그 순간, 검은 고양이의 파란 눈동자가 빛났다.

"유령이라도 좋다고?"

그러더니 별것도 아니라는 듯 말했다.

"그럼 어쩔 수 없지. 그렇게까지 말한다면 만나게 해줄게, 유령과."

나는 귀를 의심했다.

그게 무슨 뜻이냐고 물으려 했지만 그럴 수 없었다.

"나라면 네 소원을 들어줄 수 있어."

"그게 무슨 소리야?"

조심스럽긴 하지만 그렇게 내 심정을 대변해 준 이는 아카쓰키였다.

"나는 이 몸에서 '보옥'을 토해낼 수 있어. 맥주가 내 몸 안에서 결정화된 것인데, 나는 그걸 '미주보옥(美酒寶玉)'이라고 부르지. 쉽게 말해서 그냥 헤어볼*같은 거라고 보면 돼. 맛있는

* 고양이의 위나 장 속에 쌓인 털이 뭉쳐 구형의 모양으로 된 것.

술에 빠져 죽어서 가진 나만의 특성이지."

검은 고양이가 말했다.

"이 몸뚱이는 아주 날씬하지만 사실 속은 맥주로 꽉 들어차 있어. 시험 삼아서 바늘로 내 몸을 찔러봐도 좋아. 아마 물풍선에서 물이 쭉 빠지는 식으로 맥주가 뿜어져 나올 테니까."

"이 요괴 고양이가 무슨 소리를 하는 거야?" 하고 아카쓰키가 말했다.

"바텐더, 넌 아까 '술은 마법이다'라고 그랬지? 그 의견에는 나도 찬성이야. 나는 맥주의 바다에 빠져 죽은 덕분에 마침내 이 세상의 진리를 깨달았으니까. 너무나도 이해하고 싶었던 이 세상의 진리를 맥주의 바다가 이루어줬어. 술을 못 마시는 몸이라 대신 목숨을 잃었지만 진리의 대가치고는 싼 편이지."

고양이의 말을 도무지 이해할 수 없어서 나는 답답했다.

"그러니까 맥주는……아니, 맥주만이 아니라 술이라는 것은 소원을 이뤄주는 힘을 지니고 있는 마법 '그 자체'야. 한 모금 마시면 기분이 둥둥 뜨면서 가벼워지고 모든 게 사소해지면서 뭐든 다 할 수 있을 것 같다는 기분이 들지. 그게 바로 마법의 힘이 작용해서 그런 거야."

"그냥 알코올의 효과가 아니고?" 하고 아카쓰키가 말했다.

그때부터 검은 고양이는 술이 가진 마법적 특성에 대해 줄줄이 읊기 시작했다.

술이라는 건 은하수에 흐르는 신의 물방울이다. 찬란하게 빛나는 맥주의 오묘한 금빛은 아무리 갈고 닦은 황금에서도 찾아볼 수 없다. 수면에서 사라지는 탄산 거품은 제행무상마저 느끼게 한다. 술 한 잔은 인생의 축소판이자 새큼함도, 달콤함도, 씁쓸함도, 알싸함도 겸한 완전무결의 교과서다.

술에 잔뜩 취해 찬바람 한 줄기에도 섬세해지고 길가의 돌멩이 하나에도 웃음을 터트리며 평소 같으면 어색하기만 한 그 고양이하고도 코 인사를 하며 의기투합.

아예 그냥 이 세상 모든 물이 술이라면 좋겠다. 수도꼭지에서 술이 콸콸 나오면 좋을 텐데!

"아아, 슬프구나. 술을 이렇게나 좋아하는데도 나는 술을 마실 수 없는 몸이라니."

의미 없이 장황하게 늘어놓은 후, 검은 고양이는 이렇게 마무리를 지었다.

"아아, 나도 술을 마실 수 있는 고양이였으면 좋았을 것을~"

검은 고양이가 일장연설을 하는 동안 내 몸도 조금 회복됐다. 아카쓰키의 무릎에서 몸을 일으켜 검은 고양이를 향해 중얼거렸다.

"그래서 무슨 말을 하고 싶은 거예요? 아내를 만날 수 있다니요?"

"아직도 이해가 안 가?"

검은 고양이는 한숨을 푹 내쉬었다.

"그러니까 그런 마법의 결정체인 미주보옥을 내가 토해낼 수 있다고. 즉, 그 보옥의 마법을 빌리면 하늘에 있는 유령도 이 자리에 부를 수 있다는 뜻이야. 아주 쉬운 일이지."

설령 그게 거짓말이라고 해도 나는 기적을 접한 것 같은 기분이 들었다.

이 고양이가 지금 무슨 말을 하는 거지?

유령을 이 자리에 불러내는 게 쉽다고?

……널 또 만날 수 있다고?

"단."

내 눈빛을 느낀 것인지 검은 고양이는 바로 이렇게 덧붙였다.

"나는 맥주에 빠져 죽은 몸이야. 다시 말해, 사인은 '술에 빠져 익사'지. 그 점에 대해서는 나 자신은 별로 신경 쓰지 않지만, 영혼은 그 의식과는 반대로 자신을 죽음에 이르게 한 것에 대해 과한 거부 반응을 일으켜. 그건 일종의 본능이라고 할 수 있지. 미주보옥은 영혼이 거부하는 '술'의 결정. 그러니까 아무리 노력해도 내 의지에 따라 자발적으로 미주보옥을 토해낼 수는 없어."

나는 필사적으로 정신을 차리려 애를 쓰며 검은 고양이의 설명에 귀를 기울였다.

"몸이 멋대로 거부하는데 어떻게 미주보옥을 토해낼 수 있을까. 그건 내 안에 있는 술에 대한 무의식적인 '혐오감과 거부감'이 완전히 사라졌을 때 가능한 일이야. 술에 대한 무의식적 혐오감을 이겨낼 정도의 감동이나 호의가 최대한 드높아진 순간에 나는 미주보옥을 토해낼 수 있어. 그러니까 바텐더, 만약 네가 진실로 아내를 만나고 싶다면 내 앞에서 나의 무의식 아래에 존재하는 '혐오감과 거부감'을 웃돌 정도의 '맛좋은 술'을 만들도록 해. 내 몸이 부르르 떨릴 정도로 감동적인 맛의 술을 말이야. 그렇게 하면 나는 네가 원하는 미주보옥을 토해낼 거야."

할 말을 잃는 나와 아카쓰키 앞에서 검은 고양이는 꿀꺽 침을 삼켰다.

"술을 펑펑 마셔서 아내를 만나는 것보다 훨씬 더 건강한 방법인 것 같은데, 안 그러나?"

문이 열리는 소리가 났다.

반사적으로 돌아보니 그곳에는 긴 검은 머리의 여성이 서 있었다.

우리를 신기한 듯 바라보더니 여자는 "저기요." 하고 조심스럽게 입을 열었다.

"가게 오픈까지 10분 남았는데, 지금 영업하시는 중인가요……?"

검은 고양이는 내 오른손 손등에 코끝을 살짝 대었다.

그러자 파도가 물러가는 것처럼 불쾌감이 싹 사라졌다.

"자, 마침 바로 손님이 왔네."

검은 고양이는 즐거운 듯 꼬리를 흔들었다.

"바 앞에 설 때만 저주를 풀어주지. 당장은 믿기 어려울지도 모르겠지만, 일단 시험 삼아서 이 손님에게 네가 가진 모든 기술을 활용해서 맛있는 술을 만들어 줘. 그리고 그녀와 함께 나까지 감동시켜 봐. 미주보옥을 토할 수 있을 정도의 감동적이고 맛있는 술을 나한테 선보이라고."

제2장

와세다 쓰루마키초, 가이엔히가시 거리를 따라 자리를 잡은 가게 『One Tone』은 창업한 지 12년 된 비교적 오래된 바다.

오후 6시에 문을 열고, 다음 날 심야 1시에 문을 닫는다. 바 좌석은 8석, 테이블 좌석은 약 12석. 토요일은 정기 휴무일.

가게 안은 일반적인 바에 비하면 조금 좁다. 격조 높은 분위기도 아니고 가격도 저렴하면서 요리도 제공하는 초보자도 쉽게 들어갈 수 있는 편안한 가게이다.

오랜 단골손님들도 가게가 생긴 이후부터 꾸준히 다닌다. 남자 손님 비율이 높은 건 이 가게를 세운 초대(初代) 마스터가 아름다운 여성이었던 것에 영향이 있다.

묘령의 예전 점주는 둥실둥실하면서도 종잡을 길이 없는 구름 같은 사람이었다. “나는 사실 마녀야.”라며 자주 허풍을 떨었지만, 지금 돌이켜보면 어쩌면 그것이 진실일지도 모른다.

바를 시작한 것도 ‘그냥 어쩌다 보니’라는 이유였다고 하는데 그 실력만큼은 뛰어나서, 바를 돌며 수행을 거듭해 온 나에게 있어 그녀가 만드는 칵테일은 가히 충격적이었다. 그녀를 스승으로 삼은 나는 지금의 아카쓰키처럼 아르바이트 직원으로 이 가게의 문턱을 넘었다.

그러나 이제 그녀는 없다. 10년 전, 어느 여름 “어쩐지 다 질렸어.”라며 계약서 다발을 나한테 떠넘기고 모습을 감췄기 때문이다.

갈 곳도 없고 일자리를 잃어 어쩔 줄 몰라 당황할 용기마저 없었던 나는 이렇게 은근슬쩍 가게를 이어받아 마스터가 됐다.

나는 가게 뒤편 라커 룸에서 예전 가게 주인이 마련해 줬던 바 코트로 갈아입었다. 평소에는 하지 않던 ‘바텐더 협회 인증 배지’까지 차고 검은 조끼의 옷깃을 가다듬으면서 의욕을 불태웠다.

거울 앞에서 침을 꿀꺽 삼켰다.

그 검은 고양이가 무슨 말을 하는지 이해는 가지 않았다.

오히려 검은 고양이와의 만남부터 지금까지 줄곧 무슨 꿈이라도 꾸는 기분이다.

그러나 여기서 문득 어떤 생각이 들었다.

그래, 네가 없는 생활이 오히려 꿈일지도 모른다.

그렇다면 이 꿈속에서 무슨 일이 일어나도 이상할 게 없다.

그리고 그 검은 고양이의 말에는 분명 달콤하고도 강한 희망의 향기가 났다.

나를 놀리는 거라도 상관없다. 나는 검은 고양이를 믿었다. 설령 농담이라고 해도, 그게 망령이라고 하더라도 이제까지 나한테 똑바로 '다시 한번 아내를 만나게 해주겠다'라고 말해 준 존재는 하나도 없었기 때문이다.

허언이라고 해도 그런 가능성을 제시해 준 존재는 없었으니까.

나는 카운터 앞에 서서 "오래 기다리셨습니다." 하고 고개를 숙였다. 검은 고양이와 맞닿은 순간부터 불쾌감은 사라진 지 오래였다. 마치 고통의 덩어리가 청소기로 쏙 빨려 나간 것 같다. 마찬가지로 정장을 갖춰 입은 아카쓰키가 긴장한 얼굴로 내 옆에 섰다.

바 오른쪽 가장자리에 있는 의자에 폴짝 올라앉아 있는 검은 고양이와 눈이 마주쳤다.

그 여자 손님은 "이른 시간부터 죄송해요."라며 꾸벅 고개를 숙였다.

"개점을 서두르신 것 같던데."

"아니, 괜찮습니다."

그렇게 대답하면서 나는 그녀를 재빨리 관찰했다.

20대 후반 정도 되어 보이는 젊은 여자다. 깔끔하고 얌전해 주변 시선을 끄는 미인이지만, 피곤한 표정에 눈 밑에는 살짝 다크 서클까지 있다. 옅은 복숭앗빛 카디건, 흰 셔츠에서 쭉 뻗은 가녀린 팔, 소매에는 구멍 뚫는 펀치에서 빠져나온 동그란 종잇조각, 오른손 손가락 끝에는 희미하게 베인 상처와 잉크 자국 같은 게 묻어 있었다. "웃차." 하는 말과 함께 발밑의 짐 놓는 칸에 둔 큰 토트백. 그 가방에서 언뜻 보이는 서류와 봉투 다발. 상당히 굽은 여성의 등. 자신도 알아차리지 못할 정도로 큰 한숨 한 번.

"퇴근하시는 길이세요?"

신기하다는 듯 가게 안을 둘러보는 여성에게 나는 가벼운 어조로 물었다.

"네."

여성은 살짝 굳은 표정으로 대답했다. 이런 바 분위기에 익숙하지 않다는 걸 바로 알 수 있었다.

“친구가 아주 괜찮은 바가 있다고 여길 소개해 줬거든요. 일이 일찍 끝나서 잠시 들렀어요.”

“아, 그렇군요. 그럼 천천히 쉬다가 가세요.”

내가 생각하는 맛있는 술이란, 그 술 한 잔만을 가리키는 것이 아니다.

바텐더를 직역하면 ‘손님의 시중을 드는 사람’이라는 뜻이다. ‘텐더’에는 ‘부드러운, 다정한’이라는 의미도 포함되어 있어서 ‘상냥한 술집’이라고 의역할 수 있다. 칵테일 자체를 만드는 기술은 당연히 갖추어야 하고 풍부한 지식과 인격, 그리고 실력도 좋은 것이 바텐더의 조건이다.

지식, 기술, 배려, 다정함, 차림새.

그 모든 것이 조화로워야 바텐더는 처음으로 ‘맛있는 술’을 제공할 수 있다.

맛있는 술은 술의 수면에 최고로 멋진 분위기를 섞어내야만 탄생한다. 손님에게 가장 잘 어울리는 한 잔을 내어주기 위해서는 그 사람을 자세히 살피는 것이 매우 중요한 요소가 된다.

여자는 처음에 마티니를 주문했다. 진과 베르무트의 향미가 깃들어 칵테일의 왕이라고 불리는 유명한 한 잔.

이걸 만들기 위해서는 ‘스터’라는 기법이 필요하다. 마시는 잔과는 별도로 믹싱 글라스로 재료를 섞는다. 술의 맛을 죽이지 않고 가장 적절한 온도를 유지하면서 신속하게 섞는 이 기법은 아주 섬세하면서도 만드는 이의 실력이 요구된다.

검은 고양이는 계속 이쪽을 지켜보고 있다.

나는 결심하고 믹싱 글라스에 네모난 얼음을 넣었다. 진 45㎖, 베르무트 15㎖를 눈대중으로 붓고 바 스푼으로 세게 저었다. 여기서 시간을 끌면 얼음이 녹아서 술의 맛이 변한다.

고귀한 향기가 피어올랐다.

젓는 것을 멈추고 스트레이너라는 거름망을 장착한 후, 천천히 칵테일 글라스에 술을 따랐다. 향기를 입히기 위해 레몬 껍질을 잔에서 살짝 떨어진 곳에서 가볍게 쥐어짰다. 과즙이 분출하며 손끝에서 신선한 향기가 샘솟는다. 마지막으로 차갑게 식힌 올리브를 한 알 넣어, 마티니를 완성했다.

"자, 여기 나왔습니다."

눈앞에 나온 마티니를 앞에 두고 여자는 "와아!" 하며 기쁘게 두 손을 모아쥐었다.

"예뻐요! 마치 백금 같아요."

여자가 중얼거렸다. 어쩐지 너와의 첫 만남이 다시 떠올랐다.

여자는 천천히 잔에 입을 대었다. 가느다란 목을 꿀꺽 울리며 "맛있어요."라고 말했다.

"개운한 맛 속에 신선한 레몬 향기가 나요. 맛은 부드러운데 쌉싸름할 때 생기는 특유의 목 넘김이 아주 기분 좋아요."

여자는 황홀한 듯 말했다. “아아, 짜릿한 느낌의 술이 몸에 스며드는 것 같아요~”

“평소에 이런 씁쌀한 맛을 좋아하시는 모양이죠?”

“아니요, 그저 지금은 자극이 있으면 좋겠다는 기분이어서.”

“편집 일이 많이 힘드세요?”

여자는 깜짝 놀란 얼굴로 나를 봤다.

“어떻게 제가 편집자인 줄 아시고…….”

“손님 차림새를 보고 알았습니다.”

이 와세다 외곽 지역에는 제본 업자, 인쇄업자가 많다. 그러나 이 여자는 제본이나 인쇄업을 한다고 보기에는 현장에 어울리지 않게 예쁘장한 복장을 하고 있다. 그렇지만 손가락은 잉크로 얼룩져 있었다.

그 얼룩은 갓 인쇄되어 아직 잉크가 채 마르지 않은 종이 위의 활자나 도면에서 묻어나온 잉크 때문에 생긴 것이 분명하다. 소매에 붙은 동그란 종잇조각은 펀치로 구멍을 뚫을 때 나오는 종이일 것이다. 손가락 끝의 상처는 종이에 베여서 그런 것이고, 가방에 든 많은 갈색 봉투는 자료나 원고가 들어 있을 것이다. 아마 마감이 코앞이어서 제대로 잠도 못 자는 바람에 눈 밑이 거뭇거뭇해진 것 같다.

내 추리를 들은 여자는 “대단하세요!”라고 감탄했다.

“마치 셜록 홈스 같아요.”

"바텐더의 못된 버릇이죠."

"정말 멋진 특기인걸요."

여자가 조용히 술을 즐기는 사이, 나는 같은 마티니를 또 한 잔 만들어서 검은 고양이 앞에 내밀었다.

검은 고양이는 태연한 얼굴로 마티니를 한 번 살짝 핥았다. 그리고 그걸 가만히 바라보았다. 그걸 본 여자가 신기하다는 듯 말했다.

"어머나? 저 검은 고양이도 이런 쌉쌀한 술을 좋아하는 모양이죠?"

"아, 네, 뭐……."

"칵테일을 마시는 고양이라니 처음 봤어요. 마셔도 괜찮나요?"

"글쎄요." 사실 나도 잘 모른다.

"새카만 털에 윤기가 자르르 도는 게 참 귀엽네요. 그리고 얼굴도 잘생겼어요. 얘 이름이 뭐예요? 언제부터 기르셨어요?"

"너 제법 실력이 좋은데?"

검은 고양이가 대화에 끼어들었다.

"나는 이제까지 세상 곳곳을 떠돌면서 수많은 술을 마셨지만 이렇게 맛있는 마티니를 만드는 인간은 못 봤어."

"어?" 하고 여자가 눈을 동그랗게 떴다. "지금 뭐라고 하셨나요?"

"저 아닙니다." 아카쓰키가 말했다. "고양이가 말한 겁니다."

"그래, 마티니가 원래 이런 맛이었군. 내가 이제까지 맛본 것은 하나같이 어중간하게 차가운 온도에다가 씁쌀한 맛과 레몬 풍미의 맛이 죽어 있었는데."

"어머나, 복화술을 너무 잘하시는 거 아닌가요?" 하고 여자는 웃음을 터트렸다.

그 말을 끝으로 검은 고양이는 입을 꾹 다문 채 미동도 하지 않았다.

만약 고양이를 감동시킬 정도의 술을 만든다면 미주보옥이라는 것을 토해낼 것이다.

그러나 이 반응은.

이 마티니는 고양이가 말하는 '맛좋은 술'의 수준에 도달하지 않았던 걸까.

어떻게든 인정하지 않을 수 없는 술을……즉, 검은 고양이가 말하는 '그녀가 감동할 만한 맛있는 술'을 만들어야 한다.

그러려면 아직 하나 더 그녀에 대한 정보가 필요하다.

나는 남몰래 크게 숨을 내쉬었다.

"이 시간에 퇴근하신다는 건 이제 큰 고비는 넘기셨다는 뜻인가요?"

재미있다는 듯 검은 고양이를 바라보면서 잔을 입에 가져가던 여자에게 나는 마음을 다잡고 물어봤다.

여자는 이제야 정신이 들었다는 듯한 표정을 지었다.

"아니요, 고비고 뭐고……."

그리고 침통한 표정으로 입을 다물었다.

혹시 괜한 질문을 한 게 아닐까 마음을 졸이고 있는데 그녀는 잔을 쥐고 마티니를 꿀꺽꿀꺽 다 마셔버렸다.

그리고 다시 한번 한숨을 내쉬고는 푸념을 조금씩 쏟아내기 시작했다.

"담당하는 작가 선생님이 좀 까다로우셔서……. 저와 의견이 하나도 안 맞아서 원고 완성을 못 할 것 같아요."

"제가 담당하는 작가 선생님은 신인 작가지만, 굉장히 고집이 세서 일부러 팔릴 만한 요소를 피해서 글을 쓰세요. 출판사 입장에서는 우선 독자들의 선택을 받아야 하니까 최대한 많은 이들이 읽고 싶게끔 노력하는데, 작가 선생님은 내용에 참견하지 마라, 책 띠지에 이상한 판매 문구를 넣지 마라, 이상한 표지로 만들지 말라는 등 얼마나 요구 사항이 많은지. 모두와 다른 것을 해내는 것이 창작자로서의 미학이라고 그러세요. 그래서 저까지 얼마나 고생하는지."

술기운에 가라앉은 눈을 한 여자는 사정을 술술 털어놓았다.

술을 잘 못 마시는지 술로 인해 마음의 고삐가 풀린 모양이다. 마티니는 알코올 도수도 높고, 칵테일 중에서도 1, 2위를 다툴 정도니까 술 못 마시는 사람이 단번에 들이켜면 어지러울 수밖에 없다.

"그 작가 선생님의 작품은 재미있긴 하지만, 요즘 독자들의 니즈와 전혀 맞지 않아서요. 저로서는 빨리 히트작을 내고 싶어요. 이기적인 뜻으로 하는 말이 아니라 작가의 재능을 인정하니까 그를 세상에 선보이고 싶다, 모두의 인정을 받고 싶다는 마음이 더 크거든요."

"그렇군요."

"하지만 그 작가 선생님과 만나면 서로 자기 뜻만 설명하다가 싸우고 말아요. 오늘도 이 가게에 오기 전에 선생님과 회의를 하고 왔는데 그 자리에서 또 말다툼이 벌어져서. 결국, 선생님이 '그래요, 제가 글 안 쓰면 될 일이네요!'라는 말씀까지……. 출간 회의도 통과돼서 인쇄소에도 발주서 보내고 표지 디자이너에게도 다 말해둔 상태인데……."

여자는 코를 훌쩍거리기 시작했다. "정말 어쩌면 좋을지 모르겠어요."

지금 바로 이때가 기회임을 감지한 건 어느덧 10여 년이나 바텐더로서 일한 경험 덕분일까. 가슴 속에서 샘솟는 두근거림과 함께 나는 직감적으로 지금 그녀에게 내어주어야 할 술이 무엇인지 알아차렸다.

"혹시 아직 더 드시겠다면 한잔 제가 사도 괜찮겠습니까?"
"네?"
"지금 손님께 딱 어울리는 술이 있습니다."

나는 아카쓰키에게 눈짓을 하여 레몬주스와 드라이 진 병을 가지고 오게 했다. 그사이에 나는 페퍼민트 화이트와 위스키를 준비했다.

네 종류의 음료를 각각 15㎖씩 셰이커에 붓고, 마지막으로 얼음을 넣어 뚜껑을 닫았다. 손의 면적을 최소한으로 닿게끔, 손의 열기가 술에 닿지 않도록 쥐었다.

짧게 숨을 내쉰 후, 나는 힘차게 셰이커를 흔들었다.

이 술은 세게 흔들어주어야 한다. 위아래로 'M'자를 그리듯 손목의 스냅을 이용하여 2단으로 기분 좋게……딸깍, 딸깍, 딸깍, 딸깍……일정한 리듬을 유지하면서 '소리'를 들었다. 이마에 땀이 송골송골 맺혔다.

서서히 흔들기를 멈추고, 잔에 술을 따르자 이리저리 깨진 얼음 입자와 공기 방울이 튀었다. 그렇게 완성된 황금색 칵테일 '허리케인'을 내어주었지만, 여자는 잔이 아니라 나를 바라보고 있었다.

"아, 죄송해요. 저도 모르게 만드는 모습에 넋을 놓아서."

여자는 얼른 칵테일 쪽으로 시선을 돌렸다.

그리고 잔을 쥐고 한 모금 마셨다.

"맛있다~"

그렇게 말하는 동시에

"엄청 진하다!"

라며 손가락으로 입술을 꾹 눌렀다. "근데 진짜 맛있어요!"

위스키와 드라이 진, 쌉싸름한 두 종류의 술을 조합하여 만든 허리케인처럼 강렬한 자극의 칵테일이다. 입안에 남는 민트의 청량감이 기분 좋은 상쾌함을 낳는 술이다.

베이스로 넣은 위스키는 '산토리 위스키 12년'으로 통칭 '가쿠빈'이라고 불리는 것이다.

"근데 왜 이 칵테일을 저한테 주신 건가요?"

여자는 의아하다는 듯 고개를 갸웃거렸다.

나는 의도를 설명했다.

산토리 창업자인 토리이 신지로는 스코틀랜드에서 현지 위스키를 배운 다케쓰루 마사타카와 함께 쇼와 4년에 처음으로 일본제 위스키 '시로후다(白札)'를 발표하지만 최악의 평과 함께 실패한다.

장인 기질이 있던 다케쓰루가 그 완성도를 도저히 받아들이지 못하는 것에 비해, 경영 분야를 도맡고 있던 토리이가 어쩔 수 없이 발매에 나설 수밖에 없었던 것이다.

곧 토리이와 다케쓰루 사이는 틀어진다. 장인 기질이 넘치던 다케쓰루와 사업가인 토리이의 의견 차이는 매번 평행선만 달리고 말았다.

충돌을 거듭하면서도 두 사람은 쉴 틈 없이 위스키의 국산화라는 공통된 이념 달성을 위해 노력을 이어갔다.

그리고 '시로후다'가 나온 다음 해에 발표된 '아카후다(赤札)' 탄생 후 8년……쇼와 12년, 거북이 등껍질 무늬의 병에 노란색 라벨을 곁들인 고급 위스키 '산토리 위스키 12년'…… 훗날 '가쿠빈'이라고 부르게 된 술이 발표되어 큰 성공을 거둔다.

"일본이 전시 체제에 돌입하는 바람에 외국 위스키 수입이 금지된 것도 한 원인이죠. 이 위스키는 다케쓰루가 주도하고 토리이가 기획해 오랜 기간 저장, 축적된 술 원액을 소재로 일본인이 좋아할 만한 고급 위스키로 제조된 것입니다. 지금은 술집에서 쉽게 살 수 있을 정도로 대중화됐지요. 대기업인 산토리마저도 이런 고생을 했습니다. 금방 결과가 나오지 않아도 노력해서 손님과 작가님이 서로 '좋은 작품'을 만들어 내려고 고심하면, 언젠가 분명 고객 니즈에 맞는 순간이 찾아와 나무통에서 숙성된 위스키처럼 큰 성공을 거두는 작품이 탄생할 겁니다. 그리고 손님과 그 작가님이라는 쌉쌀한 맛이 어우러지면 이 '허리케인'처럼 분명 훌륭한 맛이 나오게 되겠죠."

"술에 대한 지식이 상당하군."

검은 고양이가 입을 열었다.

"나도 그 '허리케인'이라는 걸 마셔보고 싶어. 아가씨, 잠깐 실례 좀 할까?"

검은 고양이는 바 위를 타박타박 걸어와서 멍하게 있는 여자가 들고 있는 잔에 담긴 술을 핥았다.

그리고 "너는 술에 대해서 박식하기만 한 게 아니라 만들기도 잘하는구나."라고 말했다.

"정말, 아주 맛있어."

· 🍸 ·

어느덧 시각은 8시 반을 넘었다.

"감사합니다. 마스터 덕분에 맛있는 술을 진심으로 즐길 수 있었어요."

계산을 마친 여자는 나한테 몇 번이나 감사 인사를 전했다.

"토리이 씨와 다케쓰루 씨처럼 저도 작가 선생님과 다시 한 번 제대로 머리를 맞대어볼게요!"

그리고 여자는 마지막까지 검은 고양이가 말하는 것에 대해 무슨 트릭이 있는 것인지 궁금해했다.

"전 유령이나 요괴, 초자연현상 같은 건 안 믿어요."

검은 고양이가 귓가에 대고 "내가 말하는 거 맞아. 이쪽 좀 보란 말이야."라고 속삭여도 그녀는 완고하게 사실을 받아들이려 하지 않았다. 그녀는 "그런 비과학적인 일은 절대로 있을 수 없다고요. 절대로요."라며 기세등등한 검은 고양이를 무시했다.

그리고 그녀는 나에게 한 장의 명함을 남긴 채 가게를 떠났다.

'스미레'라는 이름의 그 여자는 앞으로 나에게 있어 아주 큰 의미를 가진 존재가 된다.

그녀를 배웅한 나는 문에 'Closed' 문패를 걸었다.

가게로 돌아가니 바 위에 있던 검은 고양이가 등을 구부린 채 앉아 있었다. 켁켁거리며 작은 기침을 하고 있다. 몇 번이나 그걸 반복하더니 이윽고 무엇인가를 토해 냈다.

덜그럭, 하는 메마른 소리가 나면서 돌멩이 같은 것이 굴러 나왔다.

빛을 받아 반짝이는 타원형의 보석이었다.

검은 고양이는 탁구공 크기의 보석을 연이어 세 개나 토했다.

"후우~"

보석을 토한 검은 고양이는 이제야 할 일을 다 했다는 듯 숨을 내쉬었다.

"축하해. 그게 바로 미주보옥이야. 너는 멋지게 그녀가 감동할 만한 술을 만들었어. 나도 크게 감격했지. 그래서 이렇게 보옥을 토할 수 있었던 거야."

나는 미주보옥이라는 걸 손에 쥐고 조명에 비춰봤다.

진짜 토파즈처럼 보였다. 예쁘게 세공된 호박색 보석 속에 몇 개나 되는 빛이 이리저리 엉켜 있어서 마치 우주라도 가둬 둔 것 같았다.

"이 가게에 입구가 넓은 투명한 유리병은 없어?"

검은 고양이의 말에 아카쓰키가 입구가 널찍하고 손잡이가 달린 높이 30센티미터 정도의 큼지막한 빈 병을 가지고 왔다. 직접 만든 매실주를 넣기 위해 준비한 유리병이었다.

"그 병에 이 미주보옥을 모으도록 해. 그리고 더는 보옥이 들어갈 수 없을 정도로 병을 꽉 채워서 자정에 이걸 가게 앞에 놔둬. 그러면 보옥의 부름을 받고 이 가게에 유령이 찾아올 거야."

"자, 잠깐만."

나는 당황했다.

다행히도 검은 고양이에게서 미주보옥을 얻는 데 성공했다. 그러나 나는 술이 가진 마법의 힘이 갇혀 있다는 보옥 하나만 있으면 너를 만날 수 있을 줄 알았다.

"그럼 앞으로도 이 보옥을 계속 모아야 합니까? 이 병을 꽉 채울 정도로요?"

"그렇지."

검은 고양이는 태연한 표정으로 말했다.

"그렇게 간단히 천상의 존재를 현세로 불러올 수 있을 거라고 생각하지 마. 술이 가진 마법의 힘을 가지고도 한 번 생명을 잃은 존재를 이 세상에 불러들이는 건 아주 어려운 일이니까."

나는 실망한 나머지 현기증마저 느꼈다.

"그러니 앞으로도 성실하게 맛 좋은 술을 제공해서 손님과 나를 모두 감동시키도록 해. 그리고 보옥을 잔뜩 모으는 거야. 음, 아주 건강한 방법이지."

"이건 약속이 다르잖아요. 당신이 먼저 손님을 감동시키면 아내를 만날 수 있다고 했으면서. 그래서 저는 최선을 다해……."

"아니, 그런 이유가 없으면 넌 최선을 다하지 못한다는 거야? 그럼 평소에는 대충 술을 만든다는 거네? 그러면 손님한테 실례 아닐까?"

"그런 건 아니지만……."

"그럼 무슨 문제가 있다는 건데? 네가 성실히 일만 잘하면 될 일이야."

"당신은 그냥 공짜 술을 마시고 싶었던 거 아닙니까? 그저 좋아하는 술을 맛보고 싶었던 거잖아요. 혹시 절 이용해 먹기 좋은 호구라고 생각하는 것 아니냐고요!"

"에잇!" 검은 고양이는 내 어깨를 발판처럼 밟고 뛰어내려 바닥에 사뿐히 착지했다. 나는 그대로 쓰러졌다. 가라앉아 있던 술에 대한 거부 반응과 고통이 폭발하듯 되돌아왔기 때문이다.

서서히 흐려지는 시야에 우아하게 꼬리를 흔들며 떠나가는 검은 고양이의 엉덩이가 보였다.

"그럼 내일도 올게. 가게 문 열어두고 있어."라는 말이 아득하게 들렸다.

"꾸준히 미주보옥을 모을 수 있도록 열심히 일해."

·🍸·

공기가 복숭앗빛으로 물들기 시작하는 따듯한 봄날, 너와 함께 간다강을 따라 늘어서 있는 벚꽃 가로수길을 산책하러 나왔다.

오타키 다리를 건너 무나쓰키 언덕과 스이 신사를 오른쪽으로 끼고 돌아서 둘이 벚꽃을 올려다보며 멍하니 걸었다.

강한 바람이 쏴아아 불면서 벚꽃 잎이 하늘로 날아오른다. 그러면 너는 언제나 "가만히 피어 있는 것보다 꽃이 져서 바람에 나부끼는 벚꽃이 더 좋아."라고 말했다. 그렇게 살랑살랑 떠다니는 꽃잎을 두 손으로 잡으려 했다. 몇 번이나 도전하다가 겨우 한 장 붙잡아 손바닥 위에 얹은 그것을 나한테 보여주었다. 대단하지? 하며 자랑스럽게 가슴을 폈다. 하지만 정작 넌 그 머리칼에 몇 장이나 되는 꽃잎이 붙어 있는 건 알지 못했다.

내가 그걸 떼어주자 넌 부끄러운 듯 웃었다.

간다강에 있는 가마우지를 발견한 너는 “저기 가마우지가 있어!”라며 천진하게 손가락으로 가리켰다. “날 수도 있고 물에 잠수도 할 수 있다니 가마우지는 정말 대단한 것 같아.” 하고 신이 나 재잘거렸다. 백로를 보면 또다시 “와, 정말 크다!”라며 기뻐했다. 등에가 날면 “앗, 등에다, 등에!”라면서 내 뒤에 숨어버렸다.

저 앞에서 한 노인이 시바견을 데리고 왔다. “어머나, 참 귀엽다!” 하며 너는 기뻐했다. 개를 쓰다듬어주고 노인과 헤어진 다음, “언젠가 꼭 개를 길러보고 싶어.”라며 눈을 반짝거렸다. “혈통이 있는 개가 아니어도 돼. 보호소에 가서 제일 딱해 보이는 애를 입양하는 거야.”라고 말했다.

부드러운 햇살에 눈을 가늘게 뜬 채 가로수에 붙은 표지판을 읽으며 아무런 목적도 없이 우리는 천천히 걸음을 옮겼다.

그러나 걷다 보니 어느새 넌 몇 걸음이나 뒤처져 있었다. 땅바닥에 떨어진 나비 사체를 옮기는 개미 떼를 보고 있었던 것이다. “고생 많았어.”라고 너는 중얼거렸다. 내가 내민 손을 알아차리고 다정하게 웃으며 기쁘게 손을 내밀었다.

손을 잡았다.

“봄 산책도 참 좋다.”

네가 말했다.

“그러게.”

나는 대답했다.

"기분 참 좋아."

"그러네."

"잠도 솔솔 오고."

"그래."

"참 즐거워."

"응."

4월도 반이나 지나 간다강 수면은 떨어진 벚꽃잎으로 마치 복숭앗빛 융단이 깔린 것처럼 변했다. 불어오는 바람도 풋풋한 잎새의 향을 품고 있다.

미주보옥을 모으기 위해 고군분투하는 나날은 오랫동안 나태한 생활만을 보내던 나한테는 제법 고된 일이었다.

밤만 되면 찾아와 거만하게 앉아 있는 검은 고양이를 만족시키려면 한 잔을 만들어도 영혼을 갈아 넣을 기세로 술을 만들어야 했다. 그러면 정신력이 크게 소모됐다. 바에서 일할 때는 저주를 풀어주지만 끊이지 않는 손님의 발길과 셰이커를 흔들어야 하는 칵테일 주문이 일곱 번이나 이어질 때는 정말 힘들어서 앓아눕기도 했다. 술을 받아들이지 못하는 저주 때문이 아니라 단순히 심하게 피곤해서 쓰러지고 말았던 것이다.

"너무 그렇게 무리는 하지 마."

가게 안쪽 방에서 젖은 물수건을 이마에 얹고 누워 있는 나에게 그렇게 말한 건 검은 고양이다.

"그렇게 서둘러 보옥을 토하게 하려 하지 않아도 돼. 나는 한동안 이 주점에 있을 테니까 걱정하지 말라고."

검은 고양이는 어이없다는 듯 말했다.

"그래서는 술은 끊더라도 과로로 죽겠다."

가게 쪽에서는 손님이 이야기를 나누는 소리가 희미하게 들렸다. 베개 머리맡에는 미주보옥이라고 적힌 라벨이 붙은 큰 병이 놓여 있다. 그 안에는 알록달록한 보옥이 들어 있다.

'허리케인' 때는 호박색으로, '민트 비어' 때는 에메랄드 같은 녹색으로, '마티니' 때는 다이아몬드 같은 투명한 무색으로, 고양이는 자신이 마신 술의 색깔에 대응하는 보옥을 토했다. 꾸준히 모은 보옥 덕분에 병은 마치 무지개를 가둬놓은 것처럼 빛을 발했다.

"조금만 더 있으면 병이 가득 차겠네요."

나는 신음하면서 몸을 일으켰다.

"가야 해요. 아카쓰키가 바쁠 테니까요."

나는 바로 돌아가 다시 일을 시작했다. 피로한 몸과는 달리 마음에는 기운이 샘솟았다. 조금만 더 있으면.

조금만 더 있으면 널 만날 수 있다.

그날도 마지막 주문까지 열심히 일하고 비틀거리며 집으로 돌아가 죽은 듯이 잠들었다.

다음날이 되어도 좀처럼 떨쳐내지 못한 피로감에 나는 쓴웃음을 지었다. 세면대에서 세수하고 보니 그곳에는 홀쭉하게 들어간 뺨과 수염이 이리저리 난 얼굴에 아직도 잠이 덜 깬 눈을 한 중년 남자가 서 있었다.

'네가 떠난 후에 나도 제법 나이를 먹었구나.' 하고 문득 세월을 자각했다.

너는 늙어버린 나를 보고 깜짝 놀랄까.

아니면 웃을까.

지나간 세월만큼 너도 그에 어울리는 나이를 먹었을까.

빨리 보고 싶다.

너를 만나면 맨 처음에 무슨 말을 할까. 그런 생각을 하면서 몸단장을 마치고 나는 낮부터 얼음 가게 '시로쿠마 얼음집'으로 향했다.

야마부키초에 위치하는 『시로쿠마 얼음집』은 『One Tone』의 개업 때부터 단골로 이용하는 얼음 가게다.

여기 얼음은 48시간 이상 천천히 얼려 만들어 모양새도 예쁘고 잘 녹지 않는 성질을 갖고 있다. 특히 투명도가 높아서 품질이 좋다는 평을 듣는 곳으로 올해로 55년이나 된 대대로 물려 내려오는 가게이기도 하다.

가게 이름이 적혀 있는 미닫이문을 열며 "안녕하세요."라고 인사하자, "어머나, 이부키 씨!"라며 아이스박스를 안고 있던 앞치마 차림의 마호 씨가 깜짝 놀랐다. "어쩐 일로 이렇게 오셨어요?"

"일하시는 중에 죄송합니다."

"아니요, 괜찮아요."

마호 씨는 아이스박스를 탁 내려놓고 기지개를 켰다. 그리고 "오늘도 이 작은 몸으로 열심히 일했구나, 장하다, 나!" 하고 혼잣말을 했다.

그녀는『시로쿠마 얼음집』사장의 외동딸이다. 올봄으로 26세가 됐다. 대학 졸업과 동시에 가업인 얼음 가게를 이어받아 지금은 완전히 제 몫을 다할 정도의 관록이 붙었다. 긴 검은 머리의 포니테일이 인상적인 그녀는 마치 대나무가 쪼개지는 듯 올곧은 성격 그대로 얼음을 가르곤 해서 모두가 친근감과 경외심을 담아 '얼음 박살 마호'라고 불린다.

"무슨 일이세요? 추가 주문이 있다면 나중에 가지고 갈게요."

마호는 오늘도 흰 이를 드러냈다.

"저어, 혹시 가정용 빙수기가 있으면 좀 빌려주시겠어요? 없으면 안 빌려주셔도 되고요."

"어머나, 『One Tone』에서 빙수라도 내려고요?"

"아니요, 좀."

미주보옥을 모으는 나날을 보내던 사이, 한 가지 깨달은 바가 있다,

그 검은 고양이……소설에서나 쓰는 1인칭 용어인 '와가하이(我輩)*'라고 자신을 지칭한다. 어쨌든 그 고양이는 내가 생각해도 걸작이라고 확신하고 제공하는 술에 대해서는 평소보다 더 많은 보옥을 토하는 경향이 있다. 즉, 효율적으로 보옥을 모으기 위해서는 '걸작'이라고 느낄 수 있을 만한 술을 자주 만들어야 한다.

그때 떠올린 생각이 바로 술의 구성과 오리지널 칵테일 개발이었다.

현재 레시피로만 만족하는 게 아니라 한 단계 높은 맛을 목표로 하여 술을 만드는 것이다. 그렇게 해서 더욱 맛있는 술을 만든다면 검은 고양이 와가하이는 보옥을 많이 토해낼 게 분명하다.

그 일환으로 평소에는 잘 사용하지 않던 빙수용 얼음을 사용하여 칵테일을 만들어보자는 계획을 세웠다. 얼음이 바뀌기만 해도 술의 맛이 크게 변한다. 성공할지 모르겠지만 실험해 보고 싶었다.

"빙수기라면 집에 있었던 것 같아요. 그럼 배달할 때 같이

---

* 주로 남성이 사용하는 1인칭 대명사 중 하나. '이 몸이 말이야.'처럼 잘난 체하는 남성이 쓰는 표현이다.

가져다드릴게요."

"부탁드리겠습니다."

마호 씨는 척 하고 엄지손가락을 세웠다. 그리고 작게 미소 지었다.

"이부키 씨, 요즘 좀 즐거워 보이세요."

"그래요?"

"정말이에요. 혈색도 좋고요."

"술을 끊어서 그런가 봐요."

"소문을 듣자 하니 이제 술은 입에도 못 대신다던데 정말인가 봐요. 전에는 엄청난 술고래였는데. 체질도 바뀌는 모양이네요."

가게 앞에서 생글거리며 대화를 나누던 우리였지만 갑자기 마호 씨의 표정이 소나기가 내리기 직전 저녁 하늘처럼 어두워졌다. 내 어깨너머를 바라고 있었다.

무슨 일인가 해서 뒤를 돌아보니 그곳에는 티셔츠에 청바지 차림의 아카쓰키가 있었다.

마호 씨와 아카쓰키는 묵묵히 바라보고 있었다. 아니, 서로를 노려봤다. 마호 씨가 마치 땅콩이라도 날릴 것처럼 "흥!" 하고 콧방귀를 뀌었다.

"무슨 일이야?"

"아니, 아무것도."

"그럼 뭐 하러 온 건데?"

"이부키 씨의 뒷모습이 보여서."

"이부키 씨 앞에 서 있는 나는 안 보인 모양이구나?"

"몰랐어. 네가 좀 작아야지."

"뭐라고!"

마호 씨는 팔을 걷어붙이고 아카쓰키는 미간에 계곡처럼 잔뜩 주름을 잡았다. 두 사람은 얼마 전에 한 얼음 주문을 놓고 누가 실수했는지 한창 싸우는 중이었다.

"네가 멍하게 넋을 놓고 다니니까 내가 있는지도 몰랐던 거겠지."

"시끄러워, 이 콩알만 한 설녀야."

"뭐? 확 얼음통에 넣고 절여버릴까 보다!"

꿈을 잃은 아카쓰키가 『One Tone』에서 일하기 시작하면서 『시로쿠마 얼음집』 영업을 이어받은 마호 씨와 만난 것은 우연이지만 거기에는 마치 어떤 질긴 인연이 존재한다고 봐도 무방할 정도다.

왜냐하면 두 사람은 유치원 때부터 알고 지내던 소꿉친구였기 때문이다.

저녁 무렵, 마호 씨한테서 받은 가정용 빙수기를 가지고 마침내 시음을 부탁하기로 했다.

빙수로 잘게 간 얼음은 입자 형태로 갈아낸 칵테일용 얼음보다 더 잘다. 칵테일을 따라서 마호 씨에게 주자 "아삭아삭한 식감이 재밌어요."라는 평을 들은 걸 보니 반응은 나쁘지 않았다.

그러나 반면 칵테일을 따른 순간부터 상당히 빠르게 녹기 시작해 30초만 지나면 맛이 옅어진다는 문제도 명확히 드러나게 됐다.

시험 삼아 용량이 작은 칵테일 잔이 아니라, 강한 술을 천천히 맛보는 '셰리 글라스'에 도수가 높은 술을 많이 넣고 얼음을 넣어 봤다. 그러자 맛이 옅어지는 속도는 줄었지만, 술의 양이 많아져서 다 마실 수가 없었다. 게다가 빨리 취하기만 했다.

"이렇게 많이는 못 마셔요."라고 마호 씨는 잔뜩 꼬인 혀로 말했다.

그래서 이번에는 칵테일 잔에 얼음을 가득 얹고 그 위에 진한 칵테일을 흘려보았다. 스푼으로 떠서 아삭아삭 먹은 마호 씨는 "이건 그냥 술 빙수예요."라고 말했다.

이런저런 시행착오를 거치면서도 내 열의는 식지 않았다. 맛있는 술 찾기는 계속 이어졌다.

5월 연휴, 내 남동생 가족이 규슈에서 멀리 떨어져 있는 도쿄까지 놀러 온 적이 있었다. 도쿄 관광을 하고 싶다는 동생을 위해 나와 네가 가이드를 맡았다.

동생에게는 당시 다섯 살 난 아들이 있었다. 우리한테는 조카다. 곱슬곱슬한 머리와 통통히 살이 올라 펭귄처럼 아장아장 걷는 모습이 아주 귀여운 아이였다.

관광지를 돌아보던 중, 동생이 문득 아버지다운 표정을 짓는 순간이 보였다.

식사 중에 싫어하는 채소를 안 먹으려고 아이가 일부러 숟가락을 떨어트렸을 때였다. 남동생은 무릎을 꿇어 아이의 눈높이에 맞추고 잘 달래면서 예절을 가르쳤다. 사람들이 많이 오가는 곳에서는 얼른 아이를 안아 올려 목말을 태워줬다. 피곤해서 잠들었을 때는 가슴에 꼭 품어주기도 했다. 아무리 자신이 힘들어도 동생은 아이를 정성껏 돌봤다.

나는 진귀한 장면이라도 본 것처럼 그 모습을 재미있어했다. "이제 아빠 다 됐네."라고 말하자 동생은 자는 아들의 얼굴을 바라보며 "형도 자식이 생기면 알게 될 거야."라며 쓴웃음을 지었다.

"형은 아직이야?"

내가 애매하게 고개를 끄덕였다. 너도 씁쓸하게 웃었다.

"아이가 있으면 얼마나 좋은데. 나는 이 애를 위해 남은 인생을 다 걸 거야. 지켜야 할 존재가 생기는 건 참 좋은 일이거든."

노을이 지는 이노카시라 공원에 이르러서야 동생 품에서 푹 잠들어 있던 아이가 눈을 떴다. 입을 쩝쩝 다시면서 석양으로 온통 주홍빛이 된 풀밭을 걷다가 푹 넘어졌다.

아프지 않게 넘어졌는지 아니면 풀밭 감촉에 마음을 빼앗겼는지 아이는 통나무처럼 풀잎 사이를 이리저리 굴렀다. 그리고 벌떡 일어나 태양처럼 밝게 웃었다.

"아빠도 와!"

그 말에 동생도 싱긋 웃으며 온통 풀잎투성이가 된 아들에게 다가가 자신도 풀밭을 이리저리 굴렀다. 아이가 까르르 웃었다. 동생도 같이 웃었다. "옷이 더러워지잖아!" 하고 동생의 아내도 웃었다.

나는 평온한 마음으로 동생 가족을 바라봤다.

저무는 햇살을 받아 너도 미소를 지었던 것 같다.

동생 가족과 헤어지고 나서 그날 밤의 일이었다.

"잠시 식후 운동이라도 하러 가야지."라며 너는 밤 산책을 하러 나갔다. "그럼 나도 갈게."라며 나 역시 따라나서려 했으나 너는 "그냥 근처만 좀 돌고 올 거야."라며 혼자 나가버렸다.

그리고 30분이 지나고 1시간이 지났다.

오후 8시 반.

너는 지갑과 핸드폰까지 다 두고 나간 상태였다.

무슨 일이 있나 해서 나는 너를 찾으러 집을 나섰다.

20분 정도 헤매고 다니다가 에도가와 공원의 그네 앞 벤치에 앉아 있던 너를 찾았다.

"아카리."

내가 부르자 너는 천천히 이쪽을 돌아봤다. 깜박이는 가로등 불빛 속에서 네 눈물이 빛났다. 나는 깜짝 놀랐다.

"무슨 일이야?"

나는 네 옆에 앉으며 물었다. 그때 간다강 벚꽃 가로수길에서 "아빠, 배고파!" 하는 아이 목소리가 들렸다. 야구 방망이를 든 유니폼 차림의 소년과 남자가 나란히 걷고 있었다.

"오늘 저녁밥은 뭐야?"

"오늘은……전골이야! 시합에서 이긴 상이지. 엄마한테 연락했으니까 집에 도착했을 즈음에는 다 됐을 거야."

"정말? 와아아!"

부자가 서로 웃으며 걸어갔다.

"미안해."

문득 네가 작게 말했다.

"미안해."

"뭐가?" 라고 물으려다 그만두었다.

네 눈동자가 당장이라도 무너질 것만 같았다.

그것 때문이구나 하는 생각이 들었다.

우리 사이에는 앞으로도 평생 아이가 생길 일은 없다.

"미안해."라고 다시 한번 네가 말하더니 코를 훌쩍였다.

"내 몸 때문에."

너는 자기 자신의 몸을 그 누구보다도 안타깝게 여기면서, 무엇보다 나한테 미안한 마음이 컸던 모양이다. 저녁노을이 내려앉는 공원에서 동생 가족을 바라보는 내 표정을 너는 나름대로 해석했던가 보다.

동생의 말이 머릿속에 떠올랐다. "아이가 있으면 얼마나 좋은데. 나는 이 애를 위해 남은 인생을 다 걸 거야. 지켜야 할 존재가 생기는 건 참 좋은 일이거든."

나는 네 어깨를 안고 다가가려고 했다.

너는 숨길 셈이었겠지만 나는 다 알고 있다.

나보다 더 아이를 원했던 건 너니까.

동생 가족의 방문을 허락한 내 어리석음에 나 자신이 한심하게 느껴졌다. 조카를 보면 네가 어떤 심정일지, 조금만 헤아려도 다 알 수 있는 일인데 난 그걸 조금도 의식하지 못했다.

"미안하다."

나는 말했다.

"정말 미안해."

너는 결국 울음을 터트렸다. "미안해."라고 말했다. 나도 "미안해."라고 대답했다. 그러는 사이에 나까지 눈물이 날 것만 같았다.

네가 너무나도 불쌍해서 눈물이 날 지경이다.

툭 하고 네 허벅지 위로 내 눈물이 떨어졌다. 그러자 네 오열이 더 커졌다.

"미안해."

'아니, 아니야, 그런 눈물이 아니야.'

"미안하다."

마음과는 달리 나도 눈물이 자꾸 났다. 축축한 바람이 불었다.

"미안해."

"미안하다."

우리는 울면서 벤치에서 서로 기대어 앉아 있었다.

동생아, 남은 인생을 다 걸 만한 존재도, 지켜야 할 존재도 나한테는 이미 있어.

아카리, 나는 아이가 없어도 네가 곁에 있다면 그걸로 충분해.

오리지널 칵테일 개발과 함께 계절이 지나 어느덧 6월 상순이 됐다.

미주보옥이 다 채워질 것이라 예상했던 날, 나는 도저히 진정할 수가 없었다. 오늘 영업에 따라 병은 마침내 꽉 차게 될 것이다.

드디어 너를 만날 수 있다.

그날 오전 중에 나는 몇 년 만에 미용실에 가 깔끔하게 머리를 다듬었다. 이제까지는 이발소에 가서 대충 자르고 끝냈지만, 너와의 재회가 이루어지는 중요한 순간에 꾀죄죄한 꼴로 있을 수는 없다. 정성껏 수염도 깎고, 셔츠도 새로 샀다. 자꾸만 손목시계를 보게 됐다. 집에 있어도 잠시도 가만히 있을 수 없어 이리저리 왔다 갔다 하는 바람에 그냥 『One Tone』으로 가기로 했다.

쓰루마키초의 골목으로 갔다.

장마 전 하늘, 구름 사이로 살짝 얼굴을 드러낸 태양이 화단에서 피기 시작한 수국을 격려하고 있다. 불어오는 바람은 녹색. 8년 만에 경치에 색이 돌아온 것을 느꼈다. 무사히 재회가 이루어질 수 있도록 가는 길에 모토아카기 신사에 가서 기도까지 했다.

가슴이 아플 정도로 뛰었다.

마치 첫사랑에 빠진 것처럼 두근거림이 멈추지를 않았다.

가게에 도착하여 영업 준비를 시작했다. 정체를 알 수 없는 이유로 손까지 떨렸다. 아카쓰키에게도 양해를 구해 한 시간 일찍 가게 문을 열었다. 어디서 보고 있었는지 'Open'이라는 명패가 걸리자마자 와가하이가 나타났다.

"오늘은 일찍 문을 열었네?"

“이제 몇 개만 더 미주보옥을 모으면 되니까 도저히 가만히 있을 수가 없어서요.”

“흐음.”

와가하이는 관심 없다는 투로 말했다. “그래, 나는 평소처럼 맛있는 술만 맛볼 수 있다면 뭐든 상관없지만.”

단골손님이 찾아와서 나는 일을 시작했다.

오후 6시가 넘자, 그러는 사이 늘어난 손님 중에 퇴근길에 잠시 들른 것으로 보이는 스미레 씨를 발견했다.

“안녕하세요. 또 왔어요.”

스미레 씨는 기분이 좋아 보였다. 물어보니 그때 말한 담당하던 작가와 화해를 했단다. “무사히 집필해 주시기로 했어요.”라고 그녀는 말했다.

“마스터가 말씀해 주신 그 일화가 작가 선생님께도 효과가 좋았죠.”

9시가 넘었을 즈음, 가게는 손님들로 꽉 찼다. 오늘은 왜 이리 사람이 많은가 의아해하다가 곧 오늘이 월급날 이후의 금요일임을 알아차렸다. 지갑이 두둑해지면 술이 술술 넘어가는 법이다. 여러 주문이 겹쳐서 서둘러 만들다 보니 도저히 ‘걸작’이라고 여겨질 만한 술을 내놓을 수가 없었다.

와가하이도 살짝 술에 입만 대보고 “흐음~” 하는 소리만 낼 뿐 좀처럼 미주보옥을 토해 내지 않았다. 나는 초조해졌다. 벽걸이 시계를 보니 오후 10시 반. 평소에는 다음 날 오전 1시까지 영업하는 『One Tone』이지만, 오늘만은 일찍 문을 닫고 자정에 병을 가게 앞에 내놓을 셈이었다.

이 페이스로 주문을 받으면 미주보옥도 다 모으지 못하고, 또 자정까지 손님 대접이 끝나지 않을 것이다. 『One Tone』은 토요일에 가게를 쉰다.

오늘 다 모으지 못하면 너를 만나는 건 내일모레까지 기다려야 한다는 뜻이다.

내가 어깨를 푹 떨구고 있자 오늘 바에 서서 "네." "아니요."라는 말만 하던 아카쓰키가 처음으로 제대로 된 말을 내뱉었다.

"여러분."

역시 전직 뮤지션 지망생이어서 그런지 쩌렁쩌렁 잘 들리는 목소리였다.

시끌벅적한 소리가 딱 조용해지며 손님들의 시선이 아카쓰키에게 집중됐다.

"오늘 영업은 오후 11시까지입니다. 앞으로 30분 후에 문을 닫습니다."

나는 깜짝 놀라 작은 소리로 물었다.

"아니, 갑자기 왜 그래, 아카쓰키?"

그는 대답하지 않았다.

"갑자기 그런 말을 하면 어떡해?" 하고 살짝 취한 단골손님 한 사람이 말했다. "그래, 맞아!" "더 마시고 싶은데." 하는 유쾌한 목소리도 이어졌다.

아카쓰키는 사죄라도 하듯 머리를 숙였다. 그리고 곧 큰 목소리로 "끝이라면 끝입니다!"라며 단호하게 외쳤다.

곧 손님들의 얼굴이 마치 꾸중이라도 들은 어린아이처럼 변했다. "네." "알겠어요." "죄송합니다." 모두가 시무룩해져서 조용히 눈앞에 놓인 잔을 비웠다.

곧 11시가 되어 손님들이 우르르 가게를 나가기 시작했다. 잠시 후, 한 손에 핸드폰을 쥔 스미레 씨가 가게로 들어왔다. "어어?" 하고 그녀가 고개를 갸웃거렸다.

"다들 그냥 돌아가시나 봐요?"

"네, 돌아가셨습니다. 각자의 이유로요."

태연한 얼굴로 아카쓰키가 말했다.

"앉으세요."

그 말에 스미레 씨는 다시 자리에 앉았다.

나는 잔을 준비하는 그의 옆얼굴을 바라봤다. 그는 스미레 씨가 전화 때문에 잠시 자리를 비운 것을 본 게 분명하다. 그 사이에 손님들을 다 돌려보내고, 스미레 씨가 돌아와서 내가 집중하여 술을 만들 수 있는 환경을 만들어 준 것이다.

그가 그렇게 큰 소리를 낸 적은 이제까지 단 한 번도 없었다.

"사모님을."

잔을 닦고 있던 아카쓰키가 손을 멈추더니 갑자기 말문을 열었다.

"사모님을 꼭 만나시면 좋겠어요."

철두철미한 무표정이었지만, 모든 사정을 다 아는 그의 배려가 나는 고맙고 기뻤다.

"고마워." 나는 말했다. "정말 고마워, 아카쓰키."

화이트 럼 45㎖, 라임 주스 15㎖, 설탕 1작은 스푼을 셰이커에 넣었다.

마음을 담아 흔들어 만든 한 잔은 럼 베이스의 걸작이자 광산의 이름을 가진 '다이키리(Daiquiri)'다.

스미레 씨와 작가가 멋진 작품을 만들어낼 수 있도록, 그리고 나 자신의 바람을 담은 '희망'이라는 의미를 가진 칵테일이다.

스미레 씨는 잔에 입을 대며 짧은 한숨을 내쉬었다. 어둑어둑한 바 구석에서 잔을 앞에 두고 선명한 붉은 혀를 할짝거리며 술을 마시고 있는 와가하이의 모습이 보였다.

부드럽게 미소를 지으며 "맛있어요."라고 스미레 씨가 말했다.

'달그락, 달그락' 하는 소리와 함께 바 위에 유백색 보옥이 굴러 나왔다.

오전 11시 52분에 가득 찬 미주보옥 병을 가게 앞에 내놓았을 때, 마침 비가 내리기 시작했다.

가게 안에 있던 세 명과 와가하이는 아무런 대화도 없이 그저 빗소리만 듣고 있었다.

곧 천둥이 치며 비바람이 거세졌다.

나는 긴장해서 손이 저릿해지는 것을 느꼈다. 왼쪽 가슴이 찢어질 정도로 심장이 요동쳤다. 다리가 떨리고 이가 딱딱 부딪치며 소리까지 났다.

너를 만날 수 있다.

'대앵~' 하고 벽걸이 시계의 종이 울렸다.

자정.

조용히 문이 열렸다.

무의식적으로 숨이 흘러나왔다.

누군가가 가게 밖을 향해 우산에 맺힌 빗방울을 털고 있다.

아카리.

나는 저도 모르게 홀 밖으로 나왔다.

노란 우비를 입은 누군가의 등.

"아카리."

부르는 목소리가 떨렸다.

누군가가 천천히 고개를 돌렸다.

얼굴을 감추고 있던 후드를 벗으며 나와 마주 섰다.

검은 머리의 여자…….

보옥이 사라진 빈 병을 들고 있었다.

다리가 없다.

마치 땅에서 쑥 솟아난 것처럼 여자는 서 있었다.

스미레 씨가 뭐라고 말했다.

여자의 눈가가 미소로 주름졌다.

"안녕하세요. 아직 영업 중인가요."

여자가 말했다.

설령 늙어버린 모습이라고 해도 나는 알 수 있다.

분위기도, 목소리도, 서 있는 자세까지 너에 대해서라면 뭐든 다 안다.

매일 머릿속으로 그리고 있으니 선명히 기억한다.

나는 의자에 기대듯 주저앉아 긴 한숨을 내쉬었다.

아카쓰키가 다가와 내 등에 손을 얹었다.

"이부키 씨."

그때 나는 내가 어떤 표정을 짓고 있었는지 알 수가 없었다.

나는 아카쓰키를 올려다보았다.

바 위의 검은 고양이의 푸른 눈동자가 나를 내려다보고 있었다.

나는 꺼져 들어갈 것 같은 목소리로 중얼거렸다.

"아카리가 아니야."

제3장

"아카리가 아니야."

내 중얼거림을 듣고 아카쓰키가 와가하이를 날카롭게 째려봤다.

"이봐, 이 요괴 고양이. 너 이부키 씨를 속인 거야?"

"듣는 고양이 기분 나쁜 소리 하지 마."

와가하이는 조금도 동요하지 않았다.

"나는 저 바텐더에게 아내를 만나게 해주겠다는 말은 한마디도 하지 않았어. 유령과 만나게 해주겠다고 말했지."

"뭐라고?"

"저기 저 여자 봐 봐. 다리가 없지? 유령이야."

가게를 찾은 '유령'은 힘이 쭉 빠진 나와 험악한 표정의 아카쓰키를 보고 안절부절못했다.

"혼자 착각한 건 바텐더라고."

아카쓰키는 와가하이를 붙잡으려고 팔을 쭉 뻗었다.

와가하이는 그걸 피해 바람처럼 휙 뛰어가 창문 턱 위로 뛰어올랐다.

"자자, 일단 진정해."

"너 이리 안 와? 확 구워 먹을까 보다."

"너도 참 머리가 안 돌아가는 남자구나."

와가하이는 눈을 가늘게 떴다.

"유령을 불러낼 수 있다는 건 언제든 간에 조만간 바텐더의 아내도 불러올 수 있다는 뜻이잖아. 포기하지 말고 미주보옥을 계속 모으면 소거법으로 곧 바텐더의 소원도 이루어지지 않겠어?"

와가하이는 그릉그릉 소리를 냈다.

"이건 말이지 미주보옥으로 하는 유령 랜덤박스 뽑기 게임 같은 거야. 바텐더의 아내는 '당첨'인 거지. 그때까지는 어떤 유령을 불러올 수 있을지 알 수 없어."

"인류 탄생부터 지금까지 얼마나 사람이 죽었는지 알아? 보옥을 모아서 사모님이 당첨될 때까지 계속 유령이나 찔끔찔끔 불러내라는 거냐고. 당연히 무리지."

"걱정하지 마."

와가하이는 앞발로 능숙하게 잠금장치를 열고 창문을 콧등으로 꾹 밀어 열었다. 시원한 바람과 함께 세차게 내리는 빗

소리가 가게 안으로 들어왔다.

"미주보옥으로 부를 수 있는 건 생전에 조시가야 공원 묘지에서 반경 10킬로미터 이내에 살았던 사람뿐이니까. 바텐더의 아내는 이 부근에 살았잖아? 그럼 하나씩 계속 유령을 불러들이면 언젠가는 만날 수 있는 거지."

와가하이는 비 내리는 밤의 골목길로 뛰어내렸다. 떠나가면서 말했다.

"그럼 내일도 올 테니까 맛있는 술이나 준비해."

가게의 정적을 깬 사람은 "저어." 하는 스미레 씨의 목소리였다.

"무슨 일인지는 모르겠지만, 지금 손님이……."

어쩌면 좋을지 몰라 하는 유령이 "어쩐지 제가 때를 잘못 맞춰 온 것 같네요."라고 미안한 듯 말했다.

"저 말고 다른 사람을 기다리는 거 아닌가요?"

나는 힘 없이 그 여자를 올려다봤다.

"지금 바쁘신 거라면 다른 날 다시 올 테니까……."

그렇게 가게를 떠나려던 여자에게 스미레 씨가 깜짝 놀라 "저기요." 하고 그녀를 불렀다.

"혹시 가수 스즈메 씨 아니세요?"

그러고 나서 곧 "근데 스즈메 씨는 이미 돌아가셨으니까 정확히는 많이 닮으신 분이겠네요."라고 덧붙였다. 다리가 안 보이는 숙녀를 앞에 두고도 스미레 씨는 유령이나 초자연현상을 여전히 믿지 않는 모양이다.

숙녀는 쓴웃음을 지으며 고개를 끄덕였다.

"잘 아시네요."

스미레 씨의 설명에 의하면 이 여자, 스즈메 씨는 생전에 음악 마니아들 사이에서는 제법 유명한 가수였단다. 실제로 스미레 씨도 라이브 하우스에서 그녀가 노래하는 것을 본 적이 있다고 했다. 6년 전에 병으로 사망하여 많은 팬들이 그녀와의 이별을 슬퍼했다고 한다.

"저 CD도 가지고 있어요."라며 스미레 씨가 말했다. "'사무라이 닛폰'의 커버 곡이 멋지게 편곡됐잖아요. 참 좋은 곡인 것 같아요."

아카쓰키가 무릎을 꿇고 내 얼굴을 들여다봤다. 나를 걱정하는 그의 마음이 조용히 전해져 왔다.

힘이 쭉 빠진 건 사실이다.

또 처음부터 미주보옥을 모아야 하는 걸까.

그렇지만……그렇지만. 나는 분명 맹세했다.

다시 한번 너를 만날 수 있다면 뭐든지 다 하겠다고.

설령 그게 제로에 가까운 확률이라고 해도 와가하이의 말이 진실이고 아직도 희망이 남아 있다면……아직도 널 만날 가능성이 남아 있다면.

한 개의 병이 보옥으로 가득 찰 때까지 2개월 조금 넘게 걸렸다.

문제없이 모으면 다음에 유령을 불러올 수 있는 건 8월 상순 즈음일 것이다.

그리고……보옥으로 유령을 확실히 이 가게로 부를 수 있다.

그건 오늘 밤에 증명되었다.

그것 자체는 거짓말이 아니었다.

아무리 꼴사나운 짓이더라도 지푸라기라도 잡는 심정으로 할 것이다.

"아카쓰키, 난 꼭 아내를 만나고 싶어. 넌 이해 못 하겠지만 내 생명을 지탱해 주는 건 지금 그것밖에 없어."

"그 요괴 고양이를 계속 믿겠다고요? 또 속는 걸지도 몰라요."

"그래도 나는, 다시 한번……. 아니, 아내가 이 가게에 올 때까지 보옥을 모을 생각이야. 그 검은 고양이의 말은 나에게 있어서 거의 거미줄과 마찬가지야. 아내 없는 이 지옥에 내려온 유일한 구원의 손길이라고. 아무리 시간이 걸려도, 몸과 마음이 망가지더라도 난 다시 병을 채울 거야."

나는 말했다.

"그 정도로 난 지금도 아내를 그리워하고 있어."

아카쓰키는 아무 말도 하지 않고 흐릿한 미소를 지었다.

『One Tone』에 처음으로 유령을 불러온 날이 샜다.

그 후, 스미레 씨는 집에 돌아갔고 스즈메 씨는 가게에서 하룻밤 지내게 됐다. "하루 머물다 가시겠습니까?"라고 제안한 건 바로 나다.

그녀는 내 사정도 모르고 이 가게로 불려 들어온 모양이었다. 모처럼 보옥에 이끌려 가게를 찾아왔는데 그대로 돌려보내는 것은 아무리 유령이라도 어쩐지 무례하게 느껴졌다.

그런 표면적인 이유를 댔지만, 진짜 의도는 다른 곳에 있었다.

나는 '그녀를 그냥 돌려보내면 안 된다'는 것을 직감적으로 느꼈다. 그녀는 평소 천상에 있는 존재다. 똑같은 천상에 있는 너와 통하는 뭔가의 정보를 가지고 있을지도 모른다.

너와 이어질 수 있는 거미줄은 따지고 보면 하나의 선이다. 선은 점을 연결하는 형태를 가진다. 스즈메 씨는 나에게 있어 아주 중요한 점인 것이다.

"어제는 잘 주무셨습니까?"

"네, 잘 잤어요."

오전 11시, 가게를 찾은 나는 스즈메 씨와 아침 겸 점심인

식사를 함께했다. 유령도 음식을 먹는다. 마주 보고 있으니 그녀는 평범한 사람처럼 보였지만 문득 시선을 내리니 역시 다리가 없다. 무릎부터 그 아래가 반투명해서 바닥과의 경계선이 애매하게 흐려져 있을 뿐이다.

"사장님이 오실 때까지 가게 안을 좀 청소했어요. 불편했다면 미안해요."

"아니요, 감사합니다. 그러실 것까지는 없는데."

유령과 대화하는 것도 참 기묘한 기분이다. 이렇게 평정심을 유지할 수 있는 건 스즈메 씨가 두려움이 느껴지는 유령이 아니기 때문일까. 보옥으로 불러올 수 있는 건 흔히 영화나 드라마에 나오는 공포의 대상이 되는 '원령(怨靈)'은 아닌 듯하다.

식사를 마치고 나는 "잠시 영업 준비 좀 하겠습니다."라고 말했다.

스즈메 씨는 "이런 시간부터 술이라니 생전이었다면 혼났겠는걸요?"라고 웃었다.

조금이라도 빨리 많은 보옥을 모으기 위해 오늘도 저녁부터 가게 문을 열 셈이었다. 하지만 그 전에 스즈메 씨에게 술을 대접하면서 너에 대한 정보를 얻을 생각이었다.

오후 1시가 넘어서 아카쓰키가 왔다. 이렇게 일찍 출근한 것도 분명 나를 걱정하는 마음 때문일 것이다.

우리가 둘이서 오픈 준비를 하던 중, 바에 앉아 있던 스즈메 씨는 어디선가 꺼낸 몇 장의 빨간 색종이를 접어 뭔가를 만들었다. 조용하게 흥얼거리는 기분 좋은 콧노래는 어젯밤 스미레 씨가 말했던 곡일까.

잔을 닦으면서 나는 "참 멋진 노래네요."라고 말했다.

"아주 귀에 착착 감기는 것 같아요."

"어머나, 칭찬을 들으니 기쁘네요. 제 대표곡이자 커버 곡이랍니다."

스즈메 씨는 미소를 지었다. "이곳저곳에서 노래를 했죠."

"노래를 많이 좋아하시는 모양이군요."

"네! 아직 더 살 날이 남았더라면 분명 오늘도 어딘가에서 노래를 하고 있었을 거예요."

나는 대답을 망설였다.

스즈메 씨는 살며시 웃었다.

"미안해요. 맞장구치기 애매한 말을 해서."

"아닙니다."

"미련이 남은 것처럼 말하지만 전 아무런 후회도 하지 않아요. 가수가 되길 결심하고 마지막까지 그 꿈을 좇았으니까요."

얼음을 깨는 아카쓰키가 손을 멈췄다.

"현세에 남긴 미련은 이제 없어요. 끝까지 꿈을 좇다가 죽은 자의 영혼은 후회라는 쇠사슬에 사로잡히지 않죠. 그래서 미래의 모든 것을 즐길 수 있답니다. ……이건 천상에서 만난 그 고명한 승려, 센노리큐가 직접 말씀하신 거예요. 아주 멋진 말이죠?"

"그러네요."라고 나는 대답했다.

아카쓰키는 아무 말도 없었다.

스즈메 씨로부터 얻은 천상에 관한 정보는 좀처럼 이해하기 힘든 부분이 많았다.

천상은 모든 곳이 재미있고 둥둥 뜨는 기분이 드는 곳이란다. 마치 구름 속에 있는 것 같다고 했다.

자기 말고는 건축물도, 자연도, 생물의 모습도 없다. 거기에 계속 서 있어도 되지만 계속 걷다 보면 갑자기 신기루처럼 사람의 그림자가 나타난다. 그 그림자를 향해 자신의 이름을 대면 그림자가 선명해지고 색이 진해지면서 사람의 형상으로 변한다고 했다.

그게 자신 이외의 다른 천상 사람이며 그때 처음으로 타인과 대화를 나눌 수 있게 된다.

"그 그림자가 무엇인지 윤곽을 드러낼 때까지는 알 수 없어요."

내가 만든 진 토닉을 마시면서 스즈메 씨가 말했다.

"그래서 천상에서 누구를 만날지는 정말로 운에 달려 있죠.

이 세상을 떠나고 6년 동안 저도 이제까지 그 희고 둥둥 뜨는 느낌의 그곳을 걸으며 많은 천상 사람을 만났지만, 마스터의 아내로 보이는 분은 만난 적이 없어요."

스즈메 씨가 너와의 연결점이 전혀 없다는 사실은 분명 충격이었지만 이건 너와 이어지는 하나의 접점으로서 유익한 정보가 될 것이다. 현세 사람은 결코 알 수 없는 천상 이야기를 듣는 것만으로도 산 자로서 최고의 사치가 아닐까 하고 나는 멍하게 생각했다.

그리고 스즈메 씨는 석 잔째 칵테일을 다 마신 후, 만족스럽게 숨을 토해 냈다. 그러더니 품에서 비쭈기나무 잎사귀를 꺼내면서 "이건 현세에서는 돈 역할을 못 하겠지요?"라며 쓴웃음을 지었다.

"아주 맛있는 술이었어요. 제가 할 수 있는 답례란 이 정도뿐이에요."

그러고는 우리가 영업 준비를 하는 사이에 열심히 접은 종이를 바 위에 내려놓았다.

그건 '매화'였다.

색종이 뒤의 흰색 면을 이용해 정성껏 꽃밥까지 살려 접었다. 접은 부분도 정교해서 아름다운 하나의 작품 같았다.

섬세하게 접힌 매화를 손에 쥔 나는 감탄했다.

"정말 잘 접으셨네요."

"돈 대신이라고 하긴 뭣하지만 드릴게요. 이런 것밖에 드릴 수 없어 죄송합니다."

원래부터 유령에게서 술값을 받을 생각은 전혀 없었다. 어딘가에 고이 간직하는 것도 아까워서 나는 그 매화를 가게 앞에 걸기로 했다. 빨리 많은 보옥을 모으기 위해서라도 손님이 많은 편이 좋다. 매화가 조금이라도 손님을 끌어오는 효과를 발휘하면 좋겠다는 의도였다.

그리고 스즈메는 "그럼 이만 천상으로 돌아갈게요. 너무 현세에 오래 있으면 신께 혼이 날 테니까."라며 농담인지 진담인지 알 수 없는 말을 하고서 가게를 나갔다.

"나중에 또 찾아올게요."

배웅하려고 바 밖으로 나와 바로 문을 열었으나 스즈메 씨는 마치 연기처럼 사라지고 말았다.

그와 동시에 교대라도 하듯 태연한 얼굴을 한 와가하이가 총총 가게 안으로 들어왔다.

"안녕하신가, 바텐더와 그 동료. 오늘 밤도 한 잔 주시게."

곧바로 아카쓰키가 고양이를 붙잡으려 했으나 와가하이의 가벼운 몸놀림 때문에 그러지도 못했다.

"무례한 짓은 하지 마."라고 와가하이가 말했다.

"그렇게 준비를 하고 있다는 건 보옥 모으기는 아직 포기 안 했다는 뜻이잖아? 그렇다면 나는 너희에게 아주 중요한 손님 아닌가? 자자, 어서 나를 잘 대접하도록 해~"

즐거운 어조로 말하면서 와가하이는 바 위에서 마치 복을 부르는 마네키네코 같은 포즈를 취했다. 아카쓰키는 "이 요괴 고양이가!"라며 짜증을 내더니 다시 작업을 시작했다.

이윽고 개점 준비를 마치고 'Open' 팻말을 건 지 5분도 채 되지 않았을 때였다.

"가게 앞에 걸린 매화, 접은 사람 대체 누구야!"

세차게 문이 열리는 동시에 한 남자의 고성이 가게 안을 울렸다.

석양빛을 뒤로 한 채 금발을 뒤로 묶고, 마치 발랄한 젊은이처럼 행동할 듯한 차림의 중년 남자가 이마에 맺힌 땀방울을 닦을 생각도 하지 않고 눈을 휘둥그렇게 뜨고 서 있었다.

"저건 스즈메가 접은 거 아닌가? 맞지, 그렇지?"

남자는 당장이라도 울음을 터트릴 것 같은 목소리로 물었다.

"후루텐 씨."

남자를 본 아카쓰키가 중얼거렸다.

"아는 분이야?"

나는 아카쓰키에게 귓속말을 건넸다.

"네, 저 사람은 시모키타자와에 있는 라이브 하우스 사장님이세요."

후루텐 씨라는 남자는 "저건 스즈메, 가수 스즈메가 접은 매화가 분명해."라고 중얼거리다가 결국 흐느끼기 시작했다. 일단 나는 그에게 자리를 안내하고 물을 내어주었다.

단번에 물을 다 마신 후루텐 씨는 다소 진정이 됐는지 "갑자기 벌컥 들어와서 미안하군."이라며 사과했다.

"지금 영업 중이지? 한 잔 주게."

그는 갓 파더를 주문하고, 그걸 또다시 물처럼 들이켰다. 깊은숨을 토해낸 후, 시선으로 입구를 가리켰다.

"저 매화……어디서 얻은 겐가?"

가게에 들어오면서 보인 그의 행동으로 보건대 스즈메 씨와 무슨 인연이 있는 것은 분명하다. 그것도 저 접은 꽃을 보기만 했는데도 눈물을 쏟을 정도이니 보통 깊은 관계임이 아닐 것 같다. 그런 사람에게 '저 꽃은 유령이 된 본인에게서 받았습니다'라고 말할 수는 없었다. 그래서 저는 "아는 분께 받은 겁니다."라고 대답했다.

"아주 깨끗한 상태로 남아 있던데. 분명 스즈메의 팬이 아주 소중히 보관했던 모양이야. 참 그립군. 여기로 가지고 와서 좀 자세히 살펴봐도 되나?"

"그러세요."

후루텐 씨는 자리에서 일어나 가게 앞에 걸린 매화를 가지고 돌아왔다. 그러는 사이에 다시 나온 새로운 술 한 잔을 조금씩 마시며 매화를 지긋이 바라보다가 또 울먹였다. 그리고 두런두런 이야기를 시작했다.

그는 자신의 라이브 하우스에서 생전 스즈메 씨가 출연했던 무대 연출을 맡았다고 한다. 매화는 그녀가 출연을 기다리는 사이에 자주 대기실에서 접었던 것이란다.

"이건 스즈메의 대표곡 '사무라이 닛폰'의 가사에도 나오는 매화야. '~나도 사람답게 살고 싶다네, 매화꽃 피는 봄이니까~♪'라는 노랫말에서."

"아, 네."

"봐, 여기. 여기 꽃밥 부분이 스즈메 특유의 접기 방식이거든. 나도 따라 해보려고 했는데 아무리 애를 써도 이 부분만 어느 종이접기 책에도 실려 있지 않단 말이지."

그렇게 말하며 후루텐 씨는 또다시 훌쩍였다. "아아, 스즈메는 정말 대단한 가수였어. 오래간만에 다시 생각이 나서 눈물이 나버렸네."

"많은 분께 사랑을 받으신 가수네요."

"그렇지. 나는 스즈메를 싫어하는 사람을 본 적이 없어. 그녀는 진심으로 행복하게 노래를 부를 줄 아는 사람이었거든. 다들 그녀의 노래와 태도에서 힘을 얻곤 했어."

후루텐 씨는 잔을 기울였다.

"참 아까운 사람을 잃었어. 그녀가 세상을 떠났다는 소식을 들었을 때는 슬퍼서 견딜 수가 없었지."

나는 조용히 잠든 네 얼굴을 떠올렸다.

"하지만 그 슬픔에서 구해준 것도 그녀였어."

"그게 무슨 말씀입니까?"

"스즈메의 장례식에 갔을 때 작별 인사를 하려고 그녀의 얼굴을 봤는데 굉장히 만족스러운 미소를 짓고 있는 것 같더군. 아무런 후회도, 미련도 남지 않았다는 말을 하는 것처럼 아주 편안히 세상을 뜬 얼굴이었어."

나는 침묵을 지켰다.

"생전 스즈메는 항상 '언젠가 홍백가합전* 방송에 나가고 싶다'라고 말했어. 그 꿈도 채 이루지 못하고 세상을 떠났는데도 얼마나 편안한 얼굴인지……. 마지막까지 꿈을 향해 열심히 나아간 사람은 설령 꿈을 이루지 못해도 그렇게 편안한 얼굴로 이 세상을 떠날 수 있나 봐. 그때 나는 어쩐지 낯부끄러운 말이지만 꿈이라는 건 죽을 때까지 계속 가지고 있어야 하는 보물 같은 거라고 생각했지."

"그런가요."

내가 한 말이 아니었다.

갑자기 대화에 끼어든 이는 아카쓰키였다.

"저는 그렇게 생각 안 해요. 꿈 따위는 없는 게 낫다고요."

나는 깜짝 놀라 아카쓰키를 쳐다봤다.

그는 마치 가면이라도 쓴 것처럼 무표정하게 잔을 닦고 있었다.

---

* 일본의 연말에 진행하는 가요제. 일본을 대표하는 가수나 그해 인기 있는 인사들이 다수 출연해 높은 시청률을 기록하는 프로그램이다.

“그렇지 않아, 젊은이.” 후루텐 씨가 짓궂은 얼굴로 반론했다.

“꿈을 쉽게 품는 것도, 쉽게 버리는 것도 젊으니까 그러는 거고, 나이가 들어야 비로소 진정한 꿈의 소중함을 깨닫게 된다 이거야.”

“꿈 같은 건 가지고 있어 봤자 살기 힘들어요.”

아카쓰키는 나지막한 목소리로 말했다. 후루텐 씨는 얼버무리려는 듯 크크크 하고 웃더니 문득 아카쓰키의 얼굴을 쳐다보다가 잠시 생각에 잠겼다.

“어어?”

그리고 고개를 갸웃거렸다.

“너 혹시 밴드 ‘귀뚜라미’에서 베이스를 맡은 아카쓰키 아니야?”

아카쓰키의 손이 딱 멈췄다.

“역시 맞네! 틀림없어!”

아카쓰키를 알아본 후루텐 씨는 손뼉을 쳤다.

“그 낮은 목소리를 들으니까 딱 기억이 나네! 나야, 나. ‘시모키타자와 MORA’의 후루텐이라고!”

이키쓰키는 ‘아차’ 하는 표정으로 얼굴을 찡그렸다.

“요즘 ‘귀뚜라미’는 어때? 최근에는 통 소식을 못 들었는데 아직 활동 잘하고 있지?”

“……해산했어요.”

“아이고, 해산했구나. 참 아깝네. 괜찮은 밴드였는데. 멤버들은 잘 지내고 있고?”

“……아마도요.”

“그럼 다행이네. 건강이 제일이지!”

후루텐 씨는 기쁘게 술을 마셨다.

“아, 그러고 보니 그 애는?”

그리고 그는 별생각 없이 한마디를 던졌다.

“너와 자주 왔던 그 예쁘장한 아가씨 말이야. 그 애도 잘 지내지?”

후루텐 씨는 8시 반경까지 술을 즐기다가 “이제 슬슬 돌아가야겠네. 다음에 또 오지.”라며 만족스럽게 가게를 나섰다.

이윽고 밤 영업이 끝나고 폐점 시간이 됐다. 오늘 밤, 와가하이는 보옥을 두 개 토해냈다. 빨간색과 흰색의 작은 보옥을 소중히 빈 병에 담았다. “오늘도 좋았어. 그럼 내일 봐~”라며 이 작은 무전취식자는 긴 꼬리를 살랑살랑 흔들며 매번 그랬듯 유유히 가게를 나섰다.

나는 뒷정리를 하면서 아카쓰키 쪽을 흘끔 살폈다. 그는 무표정으로 바를 닦고 있었다.

“오늘도 제법 장사가 잘됐네.”

나는 가볍게 말을 걸었다.

“네.” 하고 아카쓰키는 시선을 주지도 않고 대답했다.

“너도 많이 피곤하지?”

“아니요.”

“하지만 손님이 많이 와서 돈은 많이 벌었지만, 와가하이한테 받은 보옥은 겨우 두 개뿐이야. 이거 득을 본 건지, 손해를 본 건지 알 수가 없네.”

“그러네요.”

“이제 정리도 끝났으니 한잔하고 갈래? 내가 살게.”

“아닙니다.”

그의 냉담한 대답은 언제나처럼 똑같은 듯하면서도 달랐다.

특별히 무슨 문제가 있는 대화는 아니었지만, 뭔가가 이상했다.

목에 생선 가시가 걸린 듯, 레모네이드 병에서 구슬이 걸려 꺼낼 수 없는 듯한 그런……답답하면서도 숨이 막히는 압박감이 느껴진다고 해야 할까.

나 말고 다른 사람이라면 평소 그의 태도와 지금의 이 미묘한 차이는 알아차릴 수 없을 것이다.

그러나 명백히 아카쓰키의 태도는 ‘뭔가’ 이상했다.

영업 중에도 그랬다. 묵묵한 태도는 여전했지만, 잔을 닦고 술을 만들고 얼음을 깨고 계산을 하는 그 모든 모습에서 어딘지 모르게 분노와 슬픔 같은 형용할 수 없는 감정이 느껴졌다. 그 감정은 마치 아스팔트 위에 무늬를 그리는 엔진 오일처럼 서서히 새어 나오는 듯했다.

대체 왜 그런 식으로 느꼈는지 묻는다면 '그냥'이라고 밖에 대답할 길이 없다. 아니, 굳이 따지자면 눈동자 안에 조용한 바다 같은, 평소의 그 차분함이 없었다고 해야 하나.

아무튼, 확실한 건 잘 모르겠다.

그러나 나는 분명 알아차렸다.

저녁 무렵에 후루텐 씨의 말을 듣고 나서부터 아카쓰키의 태도가 이상해졌다.

아카쓰키는 재빨리 가게 문 닫을 준비를 마치고 "오늘도 고생하셨습니다."라는 말만 남긴 채 곧바로 탈의실로 들어가 버렸다.

그를 위해 뭘 해줘야 좋을지, 또 무엇을 물어봐야 하나 고민하고 있는데 순식간에 옷을 다 갈아입은 그가 다가왔다.

내가 "아." 하고 입을 연 순간, 그는 "그럼 퇴근하겠습니다."라고 인사한 후에 바로 가게를 나섰다.

그의 뒷모습에서 '아무것도 묻지 말아달라'라는 의지가 느껴졌다.

기상청이 장마 소식을 알리자마자 본격적으로 장대비가 쏟아지는 계절이 시작됐다.

그와 비슷하게 가게 앞에 심어둔 수국이 활짝 꽃을 피웠다. 네가 좋아했던 보랏빛 수국이다. 아침부터 이어진 비로 묵직하게 구름이 낀 하늘과는 달리 수국 꽃잎은 싱싱하게 빛이 난다. 진한 색의 나뭇잎 위에 달팽이가 멍하니 하늘을 올려다보며 사색에 잠긴 것 같았다.

'네가 보면 기뻐하면서 달팽이를 꾹꾹 찌르겠지.' 하는 생각을 하며 나는 우산을 접으며 가게 안으로 들어갔다.

오후 3시 반, 아직 아카쓰키는 안 왔다.

내가 견과류 준비를 하고 있는데 "실례합니다~" 하고 가게 뒤편에서 소리가 났다. 대답하며 뒤쪽으로 가보니 목과 어깨 사이에 솜씨 좋게 우산 손잡이를 끼운 마호 씨가 스티로폼 박스를 쿵 하고 내려놓고 있었다.

마호 씨가 "후우." 하고 숨을 내쉬며 땀을 닦았다.

"오늘 발주한 분량의 얼음이에요."

"고맙습니다. 항상 고생이 많으세요."

"근데 아침부터 계속 비만 내려서 좀 그러네요. 축축해서 머리까지 엉망이에요."

"잠시 쉴 겸 음료라도 마시고 가지 않을래요? 대접하겠습니다."

"어머나, 그렇다면 사양할 이유가 없네요."

나는 마호 씨를 가게 안으로 들이고 소다 한 잔을 내어줬다.

4시 전에 아키츠키가 출근했다. 셔츠에 묻은 빗방울을 털면서 "안녕하십니까." 하고 인사하더니 마호 씨의 모습을 보고 혀를 찼다. "야, 너 왜 지금 혀를 차는 건데!"라며 마호 씨가 화를 냈다. 아카쓰키는 그걸 무시한 채 바 안으로 들어가 옆에 있는 주방에서 손을 씻었다.

"쳇, 이 녀석의 출근 시간과 겹치다니 나도 참 운이 없네."

마호 씨는 투덜거리며 소다를 마셨다.

바 앞에 서서 안주인 치즈 준비를 시작하는 아카쓰키의 분위기는 어제와 똑같이 어딘지 모르게 이상했다. 그리고 또 자신에게 말 걸지 말라는 듯한 위압감이 풍겨왔다. 하룻밤이 지나도 그는 평소의 그가 아니었다.

"으음?"

아카쓰키를 어떻게 대하면 좋을지 내가 고민하고 있는데 소다를 다 마신 마호 씨가 그를 향해 마치 솜털 같은 가벼운 느낌으로 물었다.

"야, 너 무슨 일 있었어?"

너무나도 자연스러운 물음이어서 나는 깜짝 놀랐다.

"아니, 별로."

아카쓰키는 귀찮다는 듯 마호 씨를 쳐다도 보지 않고 대답했다.

"아니야, 딱 보니까 무슨 일 있는 얼굴인데."

"아무 일도 아니라니까."

"거짓말하지 마. 왜 그렇게 표정이 슬픈데?"

"아니거든."

"어디 보자, 이 누나한테 고민을 털어놓는 게 어때? 무슨 일이야, 응?"

"아무것도 아니야."

"훗, 네 눈동자의 깊은 한구석이 아기 고양이처럼 바들바들 떨고 있는데?"

"아무것도 아니라고!"

아카쓰키는 험악하게 쾅 하고 주먹으로 바를 내려쳤다.

바로 침묵이 내려앉았다.

깜짝 놀란 아카쓰키는 시무룩하게 고개를 떨구더니 "리큐어가 다 떨어져 가니 잠시 주류 판매점에 다녀오겠습니다." 라고 중얼거리면서 비틀비틀 가게를 나갔다.

"으음, 저거 중증인데."

심각하게 팔짱을 끼고 마호 씨가 말했다. 그의 노성에 조금도 동요한 기색이 없었다.

역시 유치원 때부터 알고 지낸 질긴 인연이라고 해야 하나. 그녀는 아카쓰키의 미묘한 변화를 단번에 알아차렸던 것이다.

"아카쓰키가 왜 저러는 걸까요? 어젯밤부터 어쩐지 좀 태도가 이상하던데."

나는 어제 후루텐 씨와의 재회에 대해 마호 씨한테 털어놓았다.

그녀는 이야기를 잠자코 듣더니, 곧 "아하, 그렇구나." 하고 뭔가 깨달았다는 것처럼 고개를 끄덕였다.

"역시 밴드가 해체된 괴로운 추억을 다시 끄집어내는 바람에 기분이 언짢아졌던 걸까요."

"아니요, 문제는 그게 아니에요. '예쁜 그 아가씨' 이야기를 했다는 게 중요하죠."

마호 씨는 빨대로 유리잔 속 얼음을 휘휘 저었다.

"'예쁜 그 아가씨'는 아마 그 녀석이 예전에 사귄 사람일 거예요. 아카쓰키가 진심으로 좋아했던 여자요."

"과거의 연애를 떠올리고 슬퍼졌다는 건가요?"

"아니요, 슬픔이라기보단 말로 형용할 수 없는 심정이었던 거겠죠. 아카쓰키는 그 여자를 잠시라도 떠올리고 싶지 않았을 거예요."

"왜요?"

마호 씨는 한숨을 푹 내쉬었다.

"그 여자가 바람을 피웠으니까요."

풋풋한 녹음이 반짝이는 초여름 오후, 오래간만에 멀리 나갈 셈으로 너와 이노카시라 공원까지 갔다.

나뭇잎 사이로 쏟아지는 햇살과 그림자를 밟으며 산책하다 보니 조금 앞에 나무 사이에서 큰 개를 데리고 있는 외국인 중년 남자가 보였다.

개는 꼬리를 흔들며 즐겁게 나무뿌리 냄새를 맡고 있었다. 외국인 남자는 통통한 배를 쓰다듬으면서 개의 걸음에 맞춰 천천히 앞으로 나아갔다.

그리고 저편 모퉁이에서 노부부가 이쪽을 향해 다가오는 게 보였다. 백발이 아름다운 할머니와 중절모가 잘 어울리는 할아버지였다. 참으로 품위가 넘치는 부부였다.

보조 보행기를 잡고 한 걸음씩 조심스럽게 걸음을 내디디는 등 굽은 할머니를 할아버지가 보듬으며 함께 걷고 있다. 할아버지는 미소를 지으며 할머니 어깨에 손을 얹고 있었다.

"안녕하세요."

지나치는 길에 할머니가 외국인 남자에게 인사를 했다. 할아버지는 모자를 벗으며 머리를 숙였다. 남자도 "안녕하세요."라고 웃으며 고개를 끄덕였다.

할머니가 남자에게 물었다.

"무슨 개예요?"

남자는 웃으며 대답했다.

"비글, 입니다."

"비글."

할머니는 자기 발밑을 킁킁거리는 개의 머리를 쓰다듬었다. 그러더니 "비글아, 안녕?" 하고 인사했다. "아이고, 똑똑하기도 하지."

"비글은 이름이 아니라 개 종류야."

할아버지가 말했다.

"개 종류?" 하고 되물은 할머니는 잠시 멍하게 굳어 있다가 이윽고 무슨 뜻인지 알았다는 듯 "어머나. 착각했네." 하고 푸근하게 웃었다.

할아버지와 남자가 웃었다. "이름은, 맥스입니다." 하고 남자가 말했다.

"아아, 맥스로구나."라고 해맑게 개의 머리를 쓰다듬은 할머니를 할아버지가 웃으며 지켜보았다.

우리는 그 모습을 저 멀리 떨어진 곳에서 지켜보았다.

"어쩐지 말이야."

문득 네가 중얼거렸다.

"어쩐지 눈물이 나올 것 같아."

"참 멋진 부부네."

네가 고개를 끄덕이는 기척이 났다.

"우리도 나이를 먹어서 저런 부부가 되면 좋겠다."

"언젠가 그렇게 되겠지."

"부탁이니까 나보다 먼저 죽으면 안 돼."

나는 머리 두 개 정도 더 낮은 높이에 있는 네 옆얼굴을 보았다.

너는 짧은 검은 머리칼을 흩날리며 내 쪽을 올려다봤다. 불안한 눈동자였다.

"나보다 먼저 죽지 마."

"안 죽어."

나는 크게 고개를 끄덕였다.

"약속해."

"죽을 때는 함께야."

"그건 싫어."

"왜?"

"당신만큼은 오래 살길 바라니까."

"그건 나도 마찬가지야."

"나는 내 목숨보다 당신 목숨이 더 중요한걸."

"무슨 드라마에 나올 법한 말이네."

"나 장난하는 거 아니야. 진심이라고."

"그럼 나도 마찬가지야."

"그게 무슨 소리야?"

"내 목숨보다 당신이 더 중요하다는 뜻이지."

"그런 거야?"

"진심이야."

"그럼 같이 오래오래 살자."

"그래, 그럼 다 해결이지."

너는 웃었다.

"새끼손가락 걸고 약속해."

"좋지."

나와 너는 새끼손가락을 걸고 맹세했다.

"이제 우리 둘은 오래 사는 거야."

"응, 오래 살자."

"저 할아버지와 할머니처럼 될 수 있게 해주세요."

"해주세요."

"허리가 굽어도 나 싫어하면 안 돼."

"그럼 나도 머리가 훤히 벗어져도 버리지 마.

나무의 푸르른 나뭇잎에 달라붙은 빛의 입자가 바람에 사르르 흩어졌다.

우리는 손을 잡고 햇살이 쏟아지는 나무 사이를 걸었다.

휴식을 마친 마호 씨가 돌아가고, 잠시 후 리큐어를 사러 갔던 아카쓰키가 돌아왔다.

그는 나를 보자마자 미간을 꾹 누르더니 "하여간 말 많은 설녀라니까."라며 짜증스럽게 중얼거렸다. 내가 그런 것처럼 그 역시 내 표정을 보고 뭔가 상황을 알아차린 모양이다. 오래 알고 지낸 사이이기에 가능한 일이다.

다만 나는 마호 씨한테 필요 이상으로 사정을 캐묻지 않았다. 그걸 안다고 해서 그를 격려할 방법이 있는 것도 아니기 때문이다. 나는 풀이 죽은 것 같은 그에게 어떻게 말을 걸면 좋을지 알 수가 없었다.

가게 안에 답답한 공기가 감도는 사이에 개점 시간이 되어 영업이 시작됐다.

첫 손님과 함께 와가하이가 불쑥 찾아왔다. 그 후도 계속 단골손님들이 들어왔다. 오늘 밤도 제법 장사가 잘된다.

우리 둘이서 정신없이 일하다가 폐점 시간이 되자, 와가하이는 보옥 두 개를 토했다

다음 날, 『One Tone』은 휴점하기로 했다. 아카쓰키가 직접 가서 리큐르를 사 오는 것만으로는 도저히 물량을 댈 수 없어서, 입고일과 발주량 조정을 하고 이제까지 열심히 일한 그를 좀 쉬게 해주기 위해서였다.

사실 아주 오래간만의 휴일이지만, 나는 오리지널 칵테일 개발에 여념이 없었다.

현재 보옥 수집의 속도는 2일에 네 개 정도다. 너무 느리다. 이 효율을 더 높이기 위해서라도 빨리 맛있는 술을 만들어낼 필요가 있었다.

바 안에서 일하는 시간 이외는 술을 못 마시는 저주에 걸려 있어서 맛을 볼 수가 없다. 술이 체내에 들어가지 않도록 조

심하면서 미리 정리해 둔 몇 종류의 아이디어를 기반으로 시행착오를 거치고 있는데 늦은 오후 즈음에 마호 씨가 찾아왔다. 우연히 휴일이 겹친 그녀에게 시음을 부탁했기 때문이다.

"모처럼 쉬는 날인데 죄송합니다."

"아니요. 새로운 술 개발도 재미있어 보이는데요."

마호 씨는 콧김을 뿜으며 주먹을 꽉 쥐었다. "자, 뭐든 다 덤벼라!"

나는 어제 『One Tone』에서 가지고 온 도구를 이용해서 몇 잔의 술을 만들었다. 마호 씨는 그것들을 마시고 솔직한 감상을 들려주었다.

전부 그리 나쁘지 않다는 평가였지만 역시 '이거다' 싶은 건 없는 듯했다.

"다 맛있긴 한데 뭐랄까 확 와닿는 건 없다고 해야 하나……."

"그러네요. 냉정히 살펴보면 다른 바에도 있을 듯한 것뿐이니까."

"이 '프로즌 스트로베리 다이키리'라는 건 맛있어요. 냉동 딸기를 얼음이랑 믹서로 갈아서 다이키리와 섞은 거요. 새콤달콤하고 상큼해서 여자 손님들에게 인기가 많을 것 같아요. 쨍한 느낌으로 차갑기도 하고요. 이제 여름이기도 하잖아요?"

"전에 만든 빙수 칵테일에서 생각해 낸 건데 알아보니 이런 기법으로 오리지널 칵테일을 만드는 바가 제법 있다고 해요. 아주 괜찮은 아이디어인 줄 알았는데."

"으음, 역시 개척자가 되는 건 쉬운 일이 아니네요."

내 얼굴이 침울해 보였던 걸까. 마호 씨는 밝게 "잠시 기분 전환 좀 해요, 기분 전환."이라며 손뼉을 짝 쳤다.

"오늘은 여기까지 하고 맛있는 거나 먹으러 가는 게 어때요?"

"하지만……."

"이부키 씨, 밥도 제대로 안 챙겨 먹고 다니죠? 저기 쓰레기통에 산처럼 쌓인 컵라면 용기를 제가 보고도 그냥 넘어갈 줄 아세요?"

"하지만 전 한시라도 빨리……."

"초조함은 기름 같은 거예요! 기름은 정열의 불길을 활활 타오르게도 하지만, 미끈거려서 발목을 잡을 수도 있다고요. 제대로 영양 섭취도 하면서 최고로 좋은 상태에서 하늘의 계시를 기다려봐요. 행운은 자면서 기다리라고 하잖아요!"

마호 씨가 하도 권하는 바람에 나는 결국 지고 말았다.

우리는 집을 나와 나란히 저녁 식사를 하러 갔다.

다행히 비는 내리지 않았다. 대신 장마라서 그런지 저녁 공기가 진득하게 피부에 달라붙었다. 미적지근한 바람에 배기가스와 희미한 잉크 냄새가 섞여 왔다. 이게 바로 이 도시의 냄새다.

대학 강의가 끝났는지 학생들로 넘쳐나는 거리를 둘이서 터벅터벅 걸어 도자이선의 와세다역 부근으로 향했다.

"이부키 씨, 뭐 드시고 싶으세요?"

"마호 씨한테 맡길게요."

"어머나, 그런 말씀 해도 되겠어요?"

마호 씨는 숯불구이 고깃집으로 가자고 정하고 이리저리 괜찮은 가게를 살피기 시작했다.

잠시 어슬렁거리다가 역에서 조금 떨어진 거리에 이르렀다.

길가에 있는 일본식 술집에서 뭔가 우당탕거리는 시끄러운 소리가 들려왔다.

귀를 기울여 보니 가게 안에서 손님들 몇 명이 실랑이를 벌이는 모양이다.

"무슨 일일까요?" "글쎄요." 하고 마호 씨와 고개를 갸웃거리고 있는데 갑자기 쾅앙! 하고 미닫이문이 열렸다.

젓가락, 술병과 함께 가게 안에서 한 남자 손님이 세차게 굴러 나오더니 길가에 푹 쓰러졌다.

"너 이 자식, 두 번 다시 내 앞에서 그따위 소리를 하면 가만 안 둬!"

밝은 조명 빛이 흘러나오는 가게 안에서 얼굴이 시뻘게진 회사원 같은 남자 취객이 주먹을 휘두르며 소리를 쳐댔다.

점원으로 보이는 일본식 복장을 한 사람이 당황해서 뛰어

나와, 쓰러진 남자에게 "손님, 어디 다치신 곳은 없으세요?" 라고 어쩔 줄 몰라 하며 물었다.

머리를 감싸 안은 채 신음하는 그 남자 손님도 마치 삶은 문어처럼 얼굴이 벌겋게 달아오른 상태였다.

"앗." 하고 마호 씨가 소리쳤다.

그리고

"저어, 이 남자는 저희가 데리고 갈게요."

나는 남자 손님의 어깨를 부축하며 "괜찮아? 괜찮아?" 하고 연신 말을 걸었다.

그 남자 손님, 아카쓰키는 아주 흐릿한 눈을 한 채 "이부키 씨." 하고 중얼거렸다.

술집 직원의 말에 의하면, 동료들과 함께 푸념을 늘어놓던 회사원 일행에게 일본주를 홀짝이던 아카쓰키가 갑자기 잔소리를 쏟아냈다고 한다. 그 말이 귀에 거슬렸던 회사원은 아카쓰키에게 화를 냈고 시비가 붙어 아카쓰키는 가게에서 쫓겨나고 말았다.

점원은 "이 남자 손님께서 '불평불만이나 쏟아내고 현재를 바꾸려고 하지 않는 인간은 쓰레기다'라는 식의 말을 하셔서요. 그래서 실랑이가 벌어진 것 같아요."라고 말했다. "'당장 죽어, 이 멍청한 월급쟁이 놈아'라고 험한 말씀도 하셨고요."

나와 마호 씨는 관계자들에게 열심히 머리를 숙이고 그 자리를 간신히 수습했다.

길 가던 사람들의 시선이 모여드는 와중, 나는 축 늘어진 아카쓰키를 업고 걷기 시작했다.

일이 이렇게 된 상황에서 식사가 중요한 게 아니다. 마호 씨는 손부채질을 해주면서 아카쓰키에게 바람을 불어주고 있었다.

"야, 너 괜찮냐?"

아카쓰키는 완전히 술에 취했는지 내 등에 얼굴을 파묻고 작게 끙끙대기만 했다.

그의 집이 어딘지 몰라서 나는 우선 『One Tone』으로 가기로 했다. 그가 술에서 깰 때까지 돌볼 셈이었다. 만약 술에서 깨지 못하면 그대로 가게에서 재우면 된다.

자리에 앉히자 아카쓰키는 바 위에 털썩 엎드렸다. 물을 담은 컵을 그의 앞에 가져다주자 그는 그걸 천천히 마시고 "으음." 하더니 또 엎드려 버렸다.

"아아, 정말이지!"라고 마호 씨가 그의 옆에 앉아 외쳤다.

"너 꼴이 이게 뭐야? 취해서 싸우고 게다가 져서 가게에서 쫓겨나냐?"

마호 씨는 아카쓰키의 등을 문질러 주었다.

"진짜 한심해! 이 한심함을 보니까 배고픈 것도 싹 날아가

버렸어!"

"술을 마신 모양이에요. 아카쓰키가 웬일로 이렇게 술에 취하다니, 어지간히 괴로운 일이……."

그렇게 말하다가 알아차렸다.

예전에 바람을 피웠다던 여자친구를 떠올리며 홧술이라도 퍼마신 걸까.

내 침묵의 이유를 눈치챈 마호 씨가 "그래도 그렇지 이렇게 한심할 수가." 하고 말했다.

"얘는 여전히 과거의 사랑을 못 잊는 거예요. 그리고 잠깐 그 일을 떠올리기만 해도 홧술을 마시지 않으면 안 될 정도로 괴로워하고요. 평소에는 쿨한 척 혼자 다 하는 주제에, 속으로는 미련하고 뒤끝 있는 놈이라니까요!"

마호 씨는 그가 술에 잔뜩 취한 것보다 더 속이 터지는 요소를 찾아냈는지 분노를 마음껏 표출했다. "이렇게 약해져서는, 정말이지!"

"……시끄러워."

몸을 벌떡 일으킨 아카쓰키가 흙빛에 축 처진 얼굴로 중얼거렸다.

"시끄럽다고, 이 설녀야."

"뭐야, 이제 정신 차렸어?"

마호 씨는 재빨리 응수했다.

"네가 얼마나 민폐를 끼쳤는지 알기나 해? 경찰까지 출동

하면 어쩔 뻔했어?"

"……."

"너 때문에 이부키 씨가 계속 머리만 숙였어. 자, 감사하다고 인사부터 해, 어서!"

"마호 씨, 저는 괜찮아요."

"넌 아직도 그 애를 못 잊은 거지?"

마호 씨의 말에 아카쓰키의 등이 꿈지럭 움직였다.

"보나 마나 그 애 때문에 술 마신 거지? 이부키 씨한테 얘기 다 들었어. 그까짓 일이 다시 생각났다고 해서 이렇게 떡이 되도록 술이나 마시고. 그 정도로 아직 그 애를 좋아하는 거야? 포기가 안 되는 거냐고."

"……네가 뭘 안다고 그래?"

아카쓰키는 중얼거리며 잔을 홱 들었다. 물 한 잔 더 달라는 뜻인 것 같아 나는 얼른 잔에 물을 따라주었다.

아카쓰키는 새로 따라 준 물을 벌컥벌컥 다 마시고 깊은숨을 토해냈다. 상념에 잠시 잠기는 듯하더니 작은 물거품이 탁 터지는 것처럼 중얼거렸다.

"사랑하는 사람에게 배신당한 남자의 심정을 네가 어떻게 알아?"

"사랑하는 사람에게 배신당했다고?" 마호 씨는 손등을 입술에 대며 마치 순정 만화에 나오는 악역처럼 오호호호 하고 높다랗게 웃었다. "너 지금 두 가지 의미로 취한 것 같구나!"

"넌 이해 못 해."

"그런 건 이해하기도 싫어."

"난 정말 좋아했어."

마호 씨가 순간 머뭇거렸다.

"나는 좋아했다고. 진심으로, 그 녀석을."

또 엎드린 아카쓰키는 "좋아했어. 정말 좋아했단 말이야." 라고 중얼거리며 곧 훌쩍이기 시작했다. 그를 만나고 나서 처음으로 그가 우는 모습을 봤다.

사실 아카쓰키는 말수가 적다는 겉껍데기 속에 아주 나약하고 섬세하며 말도 많은 부드러운 사람일지도 모른다. 나는 그가 작게 어깨를 떨 때마다 그의 다정한 마음의 깊이를 엿본 것 같았다.

"나는."

아카쓰키의 등을 쓰다듬던 마호 씨가 말했다.

"나는 배신당했을 때의 괴로움을 몰라. 너처럼 바보같이 술에 취할 정도로 괴로운 일을 겪어본 적도 없어. 왜냐면 나는 배신당한 적이 없으니까. ……좋아하는 사람에게……."

"……전부 내 잘못이야. 아무것도 몰랐던 내 잘못이라고."

"뭐라고?"

"그것도 모르고 멍청하게 그 사람에게 마음을 전부 줘버린 내가 미쳤지."

"아니, 뭘 그렇게 몰랐다는 건데?"

아카쓰키는 엎드린 채로 말했다.
"여자는 남자를 속이는 생물이라는 거."

"안 속여!"

마호 씨는 자리에서 일어나 등을 꼿꼿이 세우며 큰소리로 외쳤다.

"안 속인다고! 그거야 그 애는 널 배신했을지도 모르지만, 그건 여자여서가 아니라 그 애가 원래 그런 인간이니까 그랬던 거야! 그런 애랑 여자들을 싸잡아서 욕하지 마!"

"난 속았어."

"난 안 속여!"

마호 씨는 얼굴이 시뻘게져서 소리쳤다.

"나는 한번 좋아하게 된 사람은 절대로 배신 안 해!"

아카쓰키는 어쩐지 불안하게 씩 웃더니 자리에서 훌쩍 일어났다. 지갑에서 천 엔짜리 지폐를 꺼내 바 테이블 위에 놓고, 마치 유령처럼 흔들흔들 가게를 나갔다. "잠깐 기다려!" 하고 마호 씨도 황급히 그 뒤를 쫓았다.

멍하게 홀로 남은 나는 이제부터 어쩌면 좋을지 고민했다.

그들을 쫓아가서 뭘 어쩌겠다는 건지.

만난 지 4년이 지난 지금, 나는 이제야 처음으로 깨달았다.

아카쓰키는 나와 닮은 구석이 있다.

너를 계속 그리워하는 나와 마찬가지로 한 여자를 잊지 못하는 남자다.

그런 생각에 다다르자 고요하게 무력감이 솟구쳤다.

그저 "그 애도 잘 지내지?"라는 한마디뿐이었는데, 술에 잔뜩 취해 괴로워하다니. 몽롱한 정신이 아니고서는 버틸 수 없을 정도로 슬프다니.

그녀를 다시는 떠올리고 싶지 않으면서, 그녀를 계속 잊지 못한다.

그 모순은 그에게 있어서 얼마나 괴로운 일일까.

그의 과거를 알아내고 싶지는 않다. 하지만…….

너라면 그를 어떻게 격려할까.

결국, 나는 그들을 쫓아가지 못했다. 한 시간 정도 안절부절못하다가 그들이 돌아오지 않을 것 같다는 것을 알고 문을 잠근 다음에 가게를 나섰다. 또 아카쓰키가 쓰러져 있는 게 아닐까 걱정되어 잠시 가게 주변을 돌았다.

바지 주머니에서 벨 소리가 들렸다. 보니 '아카쓰키는 무사히 집으로 돌아갔어요'라는 마호 씨의 메시지였다. 나는 안도했다.

다음 날, 아카쓰키는 출근 시간을 딱 맞춘 오후 4시에 착실히 출근했다. "오늘은 그냥 쉬어도 돼."라고 말했지만 그는 "괜찮아요. 어제는 정말 죄송했습니다."라고 대답할 뿐이었다.

"이제 괜찮아졌어요."

그렇게 말했지만 그 몸이 마치 오뚝이처럼 흔들거리는 이유는 그의 몸 깊은 곳에 아직도 술이 묵직하게 남아 있기 때문일 것이다. "너무 무리하지 않아도 돼."라고 나는 말했다. 그를 안타깝게 여기면서 묵묵히 준비를 마치고 개점 시간을 맞이했다.

다만 몸은 숙취에 시달리는 것 같아도 아카쓰키는 평소의 컨디션을 되찾은 듯이 보였다. 과거 사랑에 대한 고뇌가 술의 홍수로 싹 씻겨나간 걸까. 날카롭지도 않고 뻣뻣하지도 않았다. 그가 내뿜는 분위기가 평소처럼 차분하게 다시 돌아와 있었다.

그 후도 그는 평온하게 지냈다. 다시 후루텐 씨가 방문했을 때도 묵묵한 성격을 살려 대화를 잘 받아넘겼다.

오타키 다리에서 에도가와 공원을 오른쪽으로 끼고 간다강의 벚꽃 가로수길을 따라 서쪽으로 똑바로 가면 진잔소(椿山莊)의 정원으로 가는 문이 나온다.

석조 등롱을 보며 다리를 건너 작은 폭포를 넘어가면 '호타루 연못'이 나온다. 이 호타루 연못에서는 6월 중순이 되면 반딧불이를 볼 수 있다.

결혼하고 1년도 채 지나지 않았던 어느 토요일, 나와 너는 일몰 시각이 좀 지난 후에 함께 연못으로 갔다. 도쿄 한가운데에서 반딧불을 감상할 수 있다는 이유로 많은 사람이 나와 있었다. 저녁 무렵에 가랑비가 내린 탓에 날씨는 푹푹 찌는 상태였다.

우리는 벤케이 다리에 서서 눈에 잔뜩 힘을 주고 있었다.

식물들의 늘어진 가지에 달린 잎새 저 너머, 수면 위로 몇 개의 빛 덩어리가 듬성듬성 나타나더니 깜박거렸다. 연하게 빛나는 노란빛 솜털이 날아다니는 것 같았다.

"와아아."

너는 손뼉을 쳤다.

"정말 예쁘다……!"

나와 너는 잠시 반딧불을 지켜봤다. 시간이 지날수록 빛의 수는 점점 늘어났다. 전구로는 절대로 낼 수 없는 빛이 가득 차서 주변은 마치 흔들리는 은하수처럼 보였다.

미지근한 밤바람이 불자 식물들이 쏴아 소리를 냈다.

너는 두 손을 모은 채 눈을 꼭 감고 뭐라고 중얼거리기 시작했다.

"뭐 하는 거야?"

내가 물었다.

"기도."

"기도? 반딧불이에게?"

"응, 어쩐지 신의 세계에 발을 들인 것 같아서."

"뭘 빌었는데?"

"『One Tone』에 손님이 많이 오게 해달라고."

나는 쓴웃음을 지었다.

"하긴 요즘 좀 힘들긴 하지."

"근처에 더 저렴한 바가 생겼으니까."

"게다가 거기 바텐더가 대단한 미인이라더라."

"어머나, 그게 무슨 소리야? 혹시 나 들으라는 소리?"

"아니, 그런 게 아니라."

나는 웃으며 기도를 마친 네 손을 잡았다.

너는 반딧불을 바라보며 미소를 지었다.

"나는 돈을 많이 벌고 싶은 게 아니야. 그냥 손님이 많이 와서 다 같이 웃고, 그날의 푸념이나 하고, 고민이 있으면 들어주고, 손님끼리 친해져서 즐겁게 술을 마시면 좋겠거든. 그게 내가 이상적으로 생각하는 『One Tone』이야."

아무리 가게 경영이 힘들어도 너는 우는소리를 하지 않았다. 장부 정산을 하면서 내가 끙끙거릴 때도, 손님이 좀처럼 오지 않아 신경이 예민해진 때도 언제나 해맑게 웃으며 격려해 주었다.

"그런 가게가 되면 좋겠다." 하고 내가 말했다.

"분명 그렇게 될 거야."

"그럴까?"

"당신이 만든 술이 얼마나 맛있는데. 그리고 그 지식과 인품이 있다면 분명 인연이 인연을 불러 번창하는 가게가 될 거야."

"노력할게."

"그래, 우리 힘내자."

네 코끝을 한 마리의 반딧불이가 스치고 지나갔다.

"그런데 정말 예쁘다."

나와 너는 차가울 일이 없는 손의 온기를 서로 나눴다.

"내년에도 오자."

"그래, 그러자."

『One Tone』은 쉬지 않고 영업을 계속했다.

와가하이가 가게를 찾는 것도 이제 일상적인 풍경이 된 지 오래다. 손님 사이에서 와카하이는 이제 『One Tone』의 간판 고양이가 되고 말았다.

"서기요, 마스터. 가게에 굉장히 귀여운 고양이가 있네요. 얌전하고 영리하고."

"그건 너무 과대평가예요. 보세요, 이거."

"어이쿠, 긁힌 상처가. 제대로 당한 모양이군."

오른손 손등을 손님에게 보여주면서 나는 신기한 기분이 들었다.

아무리 시간이 지나도 내 오른손 손등에 와가하이가 할퀸 상처가 다 낫지를 않는다. 손등을 가로지르는 세 개의 가느다란 선이 붉게 남아 있을 뿐 딱지도 앉지 않았다.

이건 혹시 저주의 상징 같은 것일까. 아니면 단순히 내가 늙어서 치유력이 저하된 것일까. 낫지 않는 상처를 신경 쓰면서 나는 열심히 일했다.

그렇게 보옥을 꾸준히 모으면서 어느덧 장마가 끝나고, 길에는 밀짚모자를 쓴 아이들의 웃음소리와 조잘대는 소리가 들리기 시작했다.

영업 전에 가게 앞 청소를 마친 아카쓰키가 돌아왔다. 열린 문 너머에서 매미들의 합창과 함께 더운 바람이 흘러들어 온다. 그는 빗자루를 정리하고 땀을 훔쳤다.

"아아, 덥다……."

8월 초순.

정신을 차리고 보니 도쿄에 한여름이 찾아왔다.

회심의 역작이라고 할 만한 오리지널 칵테일 완성은 아직도 멀었지만, 연일 영업한 덕분에 보옥은 이미 가득 차기 일보 직전이었다. 수집 완료는 8월 하순으로 예상했기 때문에 나의 계산이 틀려도 기뻤다.

오늘 밤, 가게 앞에 병을 내놓을 것이다.

유령을 불러들이는 두 번째 밤이다.

전과 마찬가지로 나는 몸단장을 했다. 이번에는 반드시 성공할 거라는 희망이 가슴 속에서 자꾸만 샘솟았다.

그날도 장사는 성황이었다. 9시 반이 넘었을 즈음, 스미레 씨와 마호 씨가 나란히 가게를 찾았다. 스미레 씨는 일이 일찍 끝나면 『One Tone』에 올 정도로 이제 어엿한 단골손님이 됐다.

"오늘도 손님이 참 많네."

"이부키 씨의 솜씨가 워낙 좋잖아요. 이부키 씨의 솜씨가, 이부키 씨의 솜씨가."

마호 씨가 아카쓰키 보고 들으라는 식으로 말하자 스미레 씨가 "마호 씨도 참." 하고 웃었다.

스미레 씨는 이전에 어쩌다 비번이었던 마호 씨와 술자리에 합석하면서 의기투합하여, 이제 둘은 친구처럼 잔을 나누고 지금은 함께 차를 마실 정도로 친해졌단다.

"오늘 밤에 부르실 거예요?"

레몬을 써는 나에게 스미레 씨가 소리를 낮추어 물었다.

"네."

나는 고개를 끄덕였다.

스미레 씨는 내가 너를 잊지 못하고 있다는 것을 마호 씨한테 들었다고 한다. 그 사정을 얼마 전의 '첫 유령을 불러냈을 때'의 내 태도와 다른 이들의 대화를 조합해서 추리하고 정답인 결론을 이끌어 낸 모양이었다.

즉, 보옥을 모아서 너의 유령, 초자연현상을 절대로 믿지 않는 스미레 씨한테 있어서는 너와 똑 닮은 인물을 불러내기 위해 내가 바 앞에 선다는 결론을 말이다.

"이번에도 제가 여기 있어도 되나요……?"

스미레 씨가 머뭇거리며 말했다.

"유령……아니, 그 똑같이 닮은 사람을 불러낼 때요."

"관심 있으세요?"

"아니, 그게……."

스미레 씨가 어정쩡하게 말을 얼버무리며 시선을 이리저리 헤맸다.

"하도 신기한 현상이니까 그게, 저도, 좀 체험을 해보고 싶어서……."

나는 어색하게 웃었다. 사실은 거절하고 싶었지만 어떻게 그 말을 꺼내면 좋을지 몰라서 그냥 포기하고 허락했다.

"괜찮긴 하지만 정말로 아내가 온다면 전 그 자리에서 펑펑 울 거예요. 추태를 보일 것 같은데 그래도 괜찮으시겠어요?"

"네." 스미레 씨는 미소를 지었다. "물론 괜찮아요."

"나도, 나도! 으하하하!"

옆에서 맥주를 벌컥벌컥 마시던 마호 씨가 깔깔 웃었다.

"사정은 들어서 알아요. 저도 아카리 씨를 보고 싶은걸요. 제가 아카리 씨를 얼마나 좋아하는데. 아카리 씨, 흐아아앙."

그렇게 이번에는 훌쩍거렸다. 그녀는 웃기도 잘하고 울기도 잘한다.

미리 일찍 정해두었던 영업 종료 시간이 되어 손님들도 다 돌아갔다. 이에 맞춰서 스미레 씨와 마호 씨도 일단 가게를 나갔다가 잠시 후 다시 되돌아왔다. 와가하이는 계속 바 의자에 동그마니 앉아 침묵만 지켰다.

오후 11시 30분.

나는 기도를 담아 보옥이 가득 담긴 병을 가게 앞에 내놓았다.

자정까지 앞으로 5분. 아무도 입을 열지 않는다. 벽걸이 시계의 초침만 째깍거리며 가게 안을 울렸다.

나는 문 앞에 서 있었다. 너를 보고 싶다……. 자연히 쥐고 있던 두 주먹이 떨렸다.

칼날로 종이를 베는 소리가 들리기 시작했다.

비다.

우르릉 쾅 하는 묵직한 천둥소리가 나고 번개가 치면서 흑백이었던 가게 안이 찰나의 순간에 반전됐다. 이제 본격적으로 비가 내리면서 큼지막한 빗방울이 창문을 때려댔다.

벽걸이 시계가 자정을 알렸다.

문에 걸어둔 종이 울리면서 서서히 문이 열렸다.

가게 안에 들어온 이는 한눈에 봐도 알 수 있었다.

네가 아니었다.

번쩍, 하는 번개가 치면서 그 유령의 그림자가 바닥에 달라붙었다.

번개의 빛을 등에 진 이는 갈색 중절모를 쓰고 멋들어진 수염을 기른, 키나가시(着流し)* 차림의 중년 남자였다.

남자는 어깨가 젖은 것도 개의치 않고 얼어붙은 우리를 가만히 둘러봤다.

"저어." 하고 말을 붙이기 직전에 남자는 가지고 있던 빈 병을 나한테 주더니 장엄하고도 당당하게 말했다.

"나는 나쓰메 소세키일세."

* 남자의 약식 기모노 복장

제4장

나쓰메 소세키라고 이름을 댄 남자는 놀라서 입을 떡 벌린 우리를 한차례 훑더니 미간을 확 좁혔다.

모자를 벗으며 얼굴을 보이더니 "나는 나쓰메 소세키일세."라고 다시 한번 말했다. 그래도 우리가 멍하게 있으니 남자는 결국 "이보게!"라며 크게 외쳤다.

나는 당황해서 "네." 하고 대답했다.

"난 손님이라 이걸세."

자칭 나쓰메 소세키는 근처에 있는 좌석에 앉았다.

"나는 술을 잘 못 하는 편이어서 술은 잘 안마시네. 그래서 술은 됐고 잼과 크래커를 주게나."

아카쓰키는 입을 반쯤 벌리고 있고, 마호 씨는 눈이 휘둥그레져서 석고상처럼 굳어 있었다. 그러는 나도 멍해져 가만히 있는 바람에 "잼과 크래커를 주게!"라고 나쓰메 씨가 호통을 칠 때까지 그 자리에 멍청히 서 있기만 했다.

"그리고 물도 주게. 이렇게 일일이 말해야 하다니, 뭐 이런 가게가 다 있는가."

나는 바 앞에 서서 잔을 집어 들었다. 나쓰메 씨는 짜증이 나는지 집게손가락으로 관자놀이를 꾹꾹 눌렀다. 가만히 뜯어보니 그는 곁눈질하는 모습으로 유명한 그 사진 속 나쓰메 소세키의 얼굴과 똑같았다.

설마.

설마 네가 아니라 '그' 나쓰메 소세키를 불러올 줄이야.

이 인물이 나쓰메 소세키 본인이라는 사실을 받아들일 때까지 『One Tone』에 있는 모두에게는 잠시 시간이 필요했다.

물론 이 사실을 받아들인 건 스미레 씨를 제외한 나머지였다.

"저기요."

언짢아하는 나쓰메 씨 뒤편에서 스미레 씨가 말을 걸었다.

"정말로, 엄청 나쓰메 소세키를 꼭 닮으셨네요."

"뭐라고?" 하고 나쓰메 씨가 뒤를 돌아보았다.

스미레 씨는 감격해서 두 손을 꼭 모아쥐었다.

"와아아, 와아아, 정말 똑같네! 특수 분장인가요?"

"자네는 뭔가?"

"제가 나쓰메 소세키를 얼마나 좋아하는데요! 작품은 전부

다 읽었고, 편집자가 되고 나서도 나쓰메 소세키 같은 작가님을 담당하고 싶었거든요. 아아아, 너무 좋다!"

"자네는 참 무례하군. 그럼 내가 진짜가 아니라는 건가?"

"와아, 굉장하다. 나쓰메 소세키의 얼굴에 난 천연두 흉터 자국이 이런 느낌이구나! 하긴 흑백 사진에서는 잘 안 보였을 테니까~ 이거 기름으로 굳혀서 만든 자국인가요?"

"아야야야, 수염 좀 그만 잡아당기게!"

스미레 씨가 얼굴을 마구 만져보자 나쓰메 씨는 결국 화를 버럭 냈다.

"이 무례한 자를 봤나! 무엇을 하는 겐가!"

떠들썩하게 소동을 벌이는 두 사람과는 달리 아카쓰키와 마호 씨는 부들부들 떨기만 했다.

나는 조심스럽게 "저어, 크래커는 있는데 잼은 없습니다."라고 말했다. 나쓰메 씨는 "뭐라고~?" 하고 귓구멍에서 연기라도 뿜을 기세로 분노에 차, 거의 졸도할 정도로 몸을 떨었다. "뭐 이런 가게가 다 있나!" 하고 외치며 그 자리에 있던 개 모양의 장식품이나 컵 받침, 물수건 등을 손에 잡히는 대로 던지기 시작했다.

"와아~ 짜증을 잘 낸다더니 진짜네!" 하고 스미레 씨가 기뻐했다.

보다 못한 아카쓰키가 그 팔을 붙들어 제압하려 했지만, 나쓰메 씨는 떼를 쓰는 어린아이처럼 몸을 비틀어댔다. "뭐 이

따위 가게가! 이따위 가게가!"

그를 달래다가 문득 와가하이와 시선이 딱 마주쳤다.

와가하이는 눈을 가늘게 뜬 채로 나를 가만히 바라봤다.

그러고 보니 이 와가하이는 바로 눈앞에 있는 그, 나쓰메 소세키의 『나는 고양이로소이다』에서 탄생한 망령이다. 즉, 그는 와가하이에게 있어 '아버지'와 같은 존재다. 아마도 그럴 것이다.

가게 안에서 태풍처럼 요동치는 나쓰메 씨를 진정시키기 위해 나는 그에게 와가하이 쪽을 보게 했다. 그가 쓴 작품 속 주인공을 보면 분명 분노도 가라앉을 것으로 예상했기 때문이다.

"나쓰메 씨, 이 고양이 좀 보세요!"

숨을 헐떡이며 테이블을 뒤집어엎으려던 나쓰메 씨가 와가하이에게 시선을 주었다.

헉헉거리며 땀을 닦더니 그는 "고양이."라고 중얼거렸다.

와가하이와 나쓰메 씨는 한동안 서로를 바라보았다. "고양이."라고 다시 한번 나쓰메 씨가 중얼거리더니 "짹짹" 하는 참새 소리를 냈다.

와가하이는 나쓰메 씨 곁으로 다가와서 "냐아앙~" 하고 울었다. 나쓰메 씨는 와가하이를 조용히 쓰다듬었다. 내 계산이 정확히 맞아떨어진 모양이었다.

몇 분 정도 묵묵히 와가하이를 쓰다듬던 나쓰메 씨는 곧 "졸리군."이란 말을 하더니 하품을 했다. 오전 1시를 알리는 종이 울리자 그는 "침상은 어딨지?"라고 중얼거렸다.

"자야겠네."

내가 가게 안쪽에 있는 방으로 안내하자 나쓰메 씨는 바로 이불을 깔라고 재촉했다. 다다미 위에 침구를 정돈해 주자 그는 바로 누워서 드르렁 드르렁, 코까지 골기 시작했다.

가게로 돌아와 "나쓰메 씨는 잠들었어요."라고 전하자, "와아, 역시 제멋대로네!" 하고 또 스미레 씨는 기뻐하며 웃음을 터트렸다. "잠이 오면 그냥 잔다. 이게 바로 융통무애(融通無碍)의 극치구나……!"

와가하이는 아무 말도 하지 않은 채 자기가 직접 창문을 열어서 밖으로 나가버렸다.

그걸 바라보던 우리는 정작 대화를 나누어야 할 나쓰메 씨가 잠들어 버렸다면 어쩔 수가 없다며 일단 해산하기로 하고, 또 다음 날 개점 시간에 맞추어 모이기로 했다. 이제 『One Tone』은 완전히 '유령이 자고 가는 바'가 된 것 같다.

집에서 쉰 후에 나는 주변이 어둑어둑한 새벽부터 가게로 가서 아직 잠든 나쓰메 씨를 깨우지 않도록 조심조심 아침 식사를 준비했다. 8시 반, 나쓰메 씨가 느릿느릿 움직이더니 가게 쪽으로 나왔다. 옷 입은 상태 그대로 자서 키나가시에는 주름이 져 있었다.

"안녕히 주무셨어요?"

달걀 프라이를 덜면서 나는 말했다.

나쓰메 씨는 머리를 긁적였다.

나는 순간적으로 시선을 움직였다. 당연하지만 다리가 없다. 어젯밤에는 찬찬히 관찰할 틈도 없었지만 그는 역시 유령이 맞았다.

"잠자리는 편하셨어요?"

"말도 안 되는 소릴. 그렇게 천둥이 쳐대는데 어떻게 잠이 오겠나."

"근데 침 흘리셨는데요."

"손수건은 어디 있지?"

우리는 테이블에 앉아 아침 식사를 했다. 내가 편의점에서 사 온 딸기잼을 나쓰메 씨는 병 바닥까지 다 긁어낼 것처럼 잔뜩 떠서 토스트 위에 바른 다음, 수염에 묻는 것도 개의치 않고 행복하게 먹었다. 단 걸 참 좋아하는 모양이다. 그런데 내가 그 유명한 나쓰메 소세키와 식사를 하고 있다는 게 참 꿈만 같다.

"나쓰메 씨, 오늘은 어떻게 시간을 보내실 예정이세요?"

"현대의 와세다를 산책하려고 하네."

"그럼 가시기 전에 한 가지 여쭤봐도 될까요?"

"뭐지?"

나는 주머니에서 지갑을 꺼내 안에 들어 있는 너의 사진을 보여주었다.

"천상에서 이 여자를 만난 적은 없으십니까?"

나쓰메 씨는 사진을 받아들고 가만히 바라보았다.

"모르는 사람이군."

고개를 가로저었다.

"이런 여자는 본 적이 없네."

나는 낙담해서 사진을 다시 지갑에 넣었다.

"그 여자가 왜?"

"제 아내입니다."

"세상을 떠났나?"

나는 멍하게 고개만 끄덕였다.

나쓰메 씨는 "흐으음." 하고 중얼거리더니 달걀 프라이를 우걱거리며 먹었다. 아침 식사에서 대화는 그게 끝이었다.

점심 전에 나쓰메 씨는 앞서 선언한 대로 산책에 나섰다. 나는 미적미적 가게 청소를 했다. 오후 1시가 되자마자 나쓰메 씨가 돌아왔다. 쿨럭쿨럭 기침하면서 "왜 이리 공기가 더러운지!" 하고 화를 냈다. "난 이제 어디에도 안 갈 걸세!"라고 말한 후, 안쪽 테이블에 앉아 뚱한 표정으로『야구짱! 도카벤』만화책을 읽었다. 단골손님이 두고 간 가게 비품이다.

4시 반 경, 수프를 끓이고 있는데 책에 집중하고 있던 나쓰메 씨가 갑자기 "7권은?" 하고 물으며 자리에서 일어나 가게 안을 어슬렁거리기 시작했다.

"이보게, 주인장. 7권은 어디 있지?"

"거기 없으면 아마 없을 거예요."

"왜! 8권은 있으면서 왜 7권은 없는데!"

나쓰메 씨는 귀신처럼 무섭게 얼굴이 빨개져서 소리쳤다.

"그래서 야마다 다로는 야구를 시작하는 겐가! 어떻게 되는 게지?"

"저는 안 읽어 봐서 잘 모르겠는데요."

"자, 어서 책방에 가서 사 오게!"

"지금 불을 쓰고 있어서 잠시 기다려주시면……."

"안 돼! 난 당장이라도 다음 권을 읽고 싶단 말이네!"

나쓰메 씨는 품에 손을 찔러 넣더니 만년필을 꺼내 휙 들어 올렸다. 어젯밤처럼 내던질 모양이다. 나는 쟁반을 방패 삼아 몸을 움츠렸다. 왜 이렇게 성질이 급한지. 천재 중에는 괴짜가 많다더니 그를 보니 그 말이 맞다.

"빨리! 빨리!"

"근처에 고서점이 있으니까 나쓰메 씨가 직접 가시면……."

"나는 이제 밖에 안 나가겠다고 했네! 내 폐, 폐가!"

"그럼 조금만 참으시면……."

"끄으응!"

나쓰메 씨는 결국 나한테 만년필을 던졌다.

따앙, 하고 쟁반에 맞은 만년필은 호를 그리며 살짝 열린 창문 틈새로 휙 날아가 버렸다.

"앗!" 하고 나쓰메 씨는 자기가 던져놓고 당황했다. "내 만년필!"

"제가 가지고 오겠습니다."

그렇게 말하며 내가 바를 나가려고 하는데 문이 열렸다.

호리호리한 몸매에 갈색 머리를 한 청년이 조심스럽게 들어왔다. 그는 나쓰메 씨의 만년필을 쥐고 있었다. 타이밍 좋게 그걸 주워서 가지고 온 모양이다.

청년은 흘끔거리며 가게 안을 살피더니 나쓰메 씨를 보고 점점 경악에 찬 표정과 함께 땀을 줄줄 흘리기 시작했다. 그리고 나쓰메 씨한테 성큼성큼 다가가 그의 손을 덥석 쥐었다. "저, 저, 저, 저, 저." 하고 제대로 돌아가지 않는 혀로 발음했다.

"저?"라고 되묻는 나쓰메 씨.

"정말로 나쓰메 소세키 선생님이세요?"

"자네도 의심하는 건가. 어딜 어떻게 봐도 맞지 않는가."

나쓰메 씨는 청년의 손을 뿌리치는 동시에 만년필을 빼앗았다. "이리 내."

"정말로, 나쓰메 선생님 선생님의, 유령……?"

"유령에게 유령이냐고 묻는 건 사람에게 사람이냐고 묻는 것과 마찬가지로 실례네."

"와아, 대박!"

청년은 기뻐서 들썩거렸다. "이럴 수가, 정말 굉장해!" 그리고 좋아서 계속 폴짝폴짝 뛰었다.

"아니, 이 비쩍 마른 청년은 대체 뭔가?"

나쓰메 씨는 곤란한 듯 팔짱을 끼었다.

아직 개점 시간 전이었지만, 나는 유리잔에 소다를 따라 청년에게 권했다.

청년은 그걸 단숨에 들이켜고 나서 긴 한숨을 내쉰 후, 깊이 머리를 숙였다.

나한테가 아니고 나쓰메 씨한테였다.

"실례했습니다."

청년은 예의 바르게 자기소개를 했다.

"저는 에니시다라고 합니다. 이 가게에 나쓰메 선생님이 계시다는 말을 듣고 인사를 드리러 찾아왔어요."

"내가 여기 있다는 걸 대체 누구한테 들었나?"

"스미레라는 편집자입니다."

에니시다는 얼굴을 들었다.

"그녀는 제 담당 편집자예요. 아직 부족한 게 많지만 저는 이제 첫걸음을 내디딘 작가입니다."

'딸랑, 딸랑' 하고 문에 걸어둔 종이 울렸다.

출근한 아카쓰키는 에니시다를 보고 들고 있던 비닐봉지를 툭 떨어트렸다. '쨍그랑' 하고 병이 깨지는 소리가 났다.

"에니시다……!"

"아카쓰키……?"

서로를 마주한 두 사람은 동시에 그렇게 중얼거렸다.

•🍸•

아카쓰키는 그 후 바로 나쓰메 씨의 심부름으로 『야구짱! 도카벤』을 사러 가게 됐다. 아카쓰키와 에니시다 두 사람이 어떤 관계인지 물어볼 틈도 없이 당장에 날아온 나쓰메 씨의 요청으로 아카쓰키는 거의 걷어차이는 것처럼 가게에서 쫓겨났다. 그러나 나쓰메 씨는 자리에 앉아도 진정하지 못하고 다리만 흔들었다. 그 모습을 보던 에니시다는 "역시 멋있다. 문헌 기록대로 성급한 분이구나……!" 하고 영문을 알 수 없는 감동을 했다.

"아카쓰키와 아는 사이세요?"

나는 에니시다에게 물었다.

"아, 네, 예전에요."

"친구세요?"

"친구라고 하면 친구이긴 한데 그게 아니라고 한다면 아니죠. 그 녀석은 저에게 말로는 표현하기 힘든 존재예요."

에니시다는 미소를 짓고 "소다 한 잔 더 주시겠어요?"라고 말했다. 내가 새로운 소다를 따라주자, 그는 아련한 눈빛을 보이며 잔을 기울였다. 맑게 울리는 얼음 소리가 들렸다.

"저는 이전에 아카쓰키와 밴드 활동을 했어요."

"네?!"

나는 깜짝 놀랐다. "그러고 보니 밴드 이름이 '스리랑카'라고 하는 그……?"

"'귀뚜라미'입니다. 드럼을 맡았고요. 그 녀석이 베이스를 연주했죠."

"아하, 그렇군요."

"지금은 해산하고 말았지만요."

아카쓰키와 함께 활동하던 밴드 멤버가 지금은 소설가가 됐을 줄이야. 그것도 스미레 씨가 담당하는 신인 작가라니. 실로 인연은 신기하게 얽히는 것이라고 새삼 감탄했다.

"원래 글 쓰는 걸 좋아해서요. 그래서 상금을 목적으로 응모했던 원고가 기적처럼 상을 탔지 뭐예요. 그리고 이것저것 하던 중에 상업 작가가 됐습니다."

"참 훌륭하시네요."

그렇게 맞장구를 치면서 어쩌면 에니시다가 작가가 되는 바람에 밴드가 해산에 이르게 된 것일까 생각했다. 에니시다가 바빠져 밴드 활동도 하기 어려워지고, 결국 음악을 계속하지 못하게 된 게 아닐까 하고.

그런 내 마음을 읽은 것처럼 에니시다는 쓴웃음을 지으며 긍정하듯 고개를 끄덕였다.

“저 때문에 ‘귀뚜라미’ 멤버들에게 미안한 짓을 하고 말았죠.”

문이 열리며 아카쓰키가 돌아왔다. 갈색 봉투를 안고 있다. 다행히 고서점에 만화책 7권이 있었던 모양이다.

“수고했네.”

나쓰메 씨는 기쁘게 갈색 봉투를 받아들고 바로 자리를 잡은 채 책을 읽기 시작했다.

“흠흠, 역시 시작하는 거군, 야마다 다로……!”

“아카쓰키.”

에니시다가 웃으며 손을 흔들었다.

“정말 오래간만이다. 네가 여기서 일할 줄은 몰랐어.”

“그러게. 그런데 가게 문도 열기 전에 여긴 어쩐 일이야?”

“이 가게에 나쓰메 소세키 대선생님께서 왕림하셨다는 소문을 들었거든. 내가 선생님의 광팬이라.”

스미레 씨도 그렇고, 에니시다도 그렇고, 문학을 업으로 삼는 사람은 모두 나쓰메 소세키를 좋아하는 듯하다. 저기서 묵묵히 만화를 읽는 사람에게 그 정도의 카리스마가 있는 것 같지도 않은데 말이다.

“아카쓰키, 바텐더가 되려고?”

“그러려고.”

“다행이다. 네가 잘 지내는 것 같아서.”

에니시다는 촉촉해진 눈으로 아카쓰키와 악수했다. 아카쓰키는 잔잔한 표정을 짓고 있었다.

에니시다는 그 이후로 몇 번이나 나쓰메 씨한테 말을 걸었지만, 깔끔하게 무시만 당했다. 그러나 그는 기쁘게 웃으며 기분 좋게 가게를 떠났다.

"나쓰메 선생님께서 바쁘시지 않을 때 다시 오겠습니다."

그는 그렇게 말했지만 만화책에 푹 빠진 상태라면 지금 한가한 게 아닌가 하는 은근 의문이 들었다.

아카쓰키와 함께 준비하던 사이, 개점 시간을 맞이했다.

우선 마호 씨가 가게에 왔고, 이어서 스미레 씨가 왔다. 내가 스미레 씨한테 에니시다의 일을 말하자 그녀는 "폐를 끼쳤네요." 하고 사과했다.

"에니시다 작가님이 진짜 나쓰메 소세키 팬이거든요. 작업실에 나쓰메 소세키 사진까지 포스터로 만들어 붙일 정도니까요."

밤이 깊어지면서 단골손님이 꾸준히 몰려왔지만, 나쓰메 씨는 자리를 떠나지도 않고 있다가 9시 반 정도에 잠자리에 들 때까지 계속 만화책만 읽었다. 그런 나쓰메 씨를 보고 마호 씨는 "야구를 좋아하시는 모양이에요."라고 중얼거리자, 스미레 씨가 "마사오카 시키*가 떠올라서 그런 게 아닐까요?"

---

* 일본 메이지 시대의 시인으로 35세의 젊은 나이에 결핵으로 사망했다.
일본 야구 명예의 전당에 오를 정도로 야구를 알리는 데 일조한 사람.
나쓰메 소세키와는 동창으로 매우 친밀한 관계였다.

하고 눈물을 글썽이며 대답했다. 나는 무슨 뜻인지 전혀 이해하지 못했다.

나쓰메 씨가 잠자리에 드는 때에 맞춰 와가하이가 찾아왔다.

오늘 밤, 와가하이는 네 개의 보옥을 토하고, 내가 식혀서 내어 준 수프를 두 그릇이나 비웠다.

나쓰메 씨가 있는 것 이외에 평소와 똑같은 『One Tone』이었지만, 한 가지 신기한 건 아무리 말을 걸어도 와가하이가 아무 대꾸도 하지 않았다는 점이다.

자신을 낳은 아버지인 나쓰메 소세키가 이곳에 불려와서 위축되기라도 한 걸까.

밤 12시 10분, 와가하이는 유유히 가게를 나갔다.

그걸 배웅하고 우리도 해산하기로 했다.

"내일 태풍이 올 것 같아요. 아주 큰 태풍이요."

가랑비에 우산을 쓰고 떠나면서 스미레 씨가 말했다.

"대비를 잘해야겠어요."

태풍이 부는 날에는 항상 너와 전골을 먹었다.

누가 먼저 그러자고 했는지, 그리고 왜 메뉴가 전골인지는 알 수 없다. 여름이 되면 창밖에서 웅웅거리며 소용돌이치는 경치를 바라보며, 그저 둘이서 멍하게 전골 요리를 먹는다.

텔레비전 뉴스 중계로 거칠게 날뛰는 바다를 보며 "큰일이네." 하고 네가 중얼거리더니 버섯을 우물거렸다. "정말 큰일이네." 하고 나는 두부를 먹는다.

카메라맨의 것으로 보이는 수건이 휙 날아간다. 제방 앞에서 헬멧을 쓴 리포터가 태풍 속에서 헉헉거리며 "위험하니 절대로 바다 근처에 계시지 않도록 하십시오."라고 외친다. "그럼 취재진은 괜찮고?" 하고 네가 신기하다는 듯 중얼거린다.

방 한구석에 놓인 선풍기가 미니 가스레인지 열기와 여름의 습기를 휘젓는다. 저 멀리서 양동이가 날아가는 듯한 소리가 났다.

전골을 다 먹고 그 후는 당연하다는 듯 바닐라 아이스크림을 먹는다. 달다고 연신 말하면서도 계속 먹는다. 몸 안의 열기와 냉기가 중화된다. 그게 참을 수 없이 기분 좋았다.

비를 품은 바람이 창문을 때려 타닥거리는 소리가 난다. 너는 살짝 창문을 연 채 "비야, 더 내려라~" 하고 주먹을 번쩍 치켜들었다. 텔레비전 화면이 자꾸만 지직거리더니 갑자기 조명이 훅 꺼졌다.

"아앗." 하고 네가 외쳤다.

"정전이네."

너는 신이 나서 자리에서 일어나더니 손전등을 가지고 왔다. 빛을 얼굴 아래에서 비추며 "태~ 풍~ 이~ 다~"라며 음산하게 말했다. 내가 테이블 위에 촛대를 둘 준비를 하자 "내가 불을 붙여도 돼?" 하고 네가 어린아이처럼 물었다.

너는 성냥을 그어 초에 불을 붙였다.

나는 그걸 바라보았다.

어두운 방에 마시멜로 같은 불꽃이 켜지면서 어둠을 살짝 걷어냈다.

너는 수납장에서 과자를 꺼내왔다.

"이거 두근거리는데?"

"두근거린다고?"

"여름이라고 하면 태풍, 전골, 아이스크림, 정전 아니겠어? 여름의 묘미가 다 여기 모여 있는 느낌이잖아."

"그런가?"

"마치 우리 집이 비밀 기지라도 된 것 같아."

너는 씩 웃었다.

"사흘 정도 이러고 있으면 재미있겠다."

"하지만 내일은 스미다강에서 불꽃 축제가 열리는데?"

"앗!"

"이런 상태라면 취소되겠다……."

너는 서둘러 베란다 창문을 열고, 조금 소리 높여 외쳤다.

"비 좀 멈춰라!"

나는 웃으며 너와 나란히 섰다. 태풍이 몰아치는 도시가 보였다.

다음 날, 일어나면서 봤던 일기 예보에 따르면 마침 오늘 밤부터 내일까지 도쿄에 태풍이 상륙한단다.

나는 잠시 고민하다가 만약을 위해 가게를 휴업하기로 했다.

그걸 전하려고 아카쓰키의 휴대전화에 연락을 넣었지만 받지 않았다. 그래서 그의 집 전화로 다시 연락을 해봤더니 바로 응답이 있었다.

—죄송해요. 어제 휴대전화를 탈의실에 깜박 놓고 와서요.

"오늘은 가게를 쉬려고. 태풍도 온다니까."

—알겠습니다. 그럼 휴대전화만 가지러 가도 될까요?

"그래, 나도 잠깐 얼굴을 비추러 갈 거야. 나쓰메 씨한테도 이것저것 전해줄 말도 있고."

나는 비 내리는 낮에 『One Tone』으로 향했다. 마침 가게 앞에서 아카쓰키와 합류하여 나란히 가게 안으로 들어갔다. 어제와 같은 자리에 앉은 나쓰메 씨가 만화를 읽고 있었다. 탁자 위에는 책이 잔뜩 쌓인 채였다. 마음대로 물까지 데워 차도 마시는 중이었다.

"안녕하세요, 나쓰메 씨."

내가 인사하자 나쓰메 씨는 이쪽을 쳐다도 보지 않고, 책에 시선을 고정한 채 "음." 하고 대답했다.

"오늘은 가게 휴업을 하려고요. 태풍이 오거든요."

"음."

"혼자 괜찮으시겠어요?"

"음."

"냉장고에 어제 그 수프가 있어요. 나중에 따듯하게 데워서 드세요."

"음."

"덧창만 닫고 갈게요. 무슨 일이 있으면 저기 구석에 있는 전화를 쓰시면 돼요. 제 전화번호는……."

"쳐, 쳤다! 도노마가 쳤어!"

나쓰메 씨는 책을 한 손에 들고 벌떡 일어나 잔뜩 흥분하여 주먹을 마구 휘둘렀다. 내 얘기는 전혀 듣지도 않았다.

탈의실로 갔던 아카쓰키가 되돌아왔다. 무사히 휴대전화를 찾은 모양이다.

"죄송합니다." 하고 아카쓰키가 말했다. 그리고 휴대전화를 슥슥 조작하다가 갑자기 눈을 휘둥그렇게 뜨면서 얼어붙었다.

그는 꿈적도 하지 않고 그저 화면만 응시하고 있었다.

"왜 그래?"

내가 부르자 그는 그제야 정신을 차린 것처럼 "아아, 아니에요." 하고 머리를 내저었다.

그리고

"죄송합니다, 스승님."

이라고 말했다.

내 머릿속에 물음표가 불쑥 생겨났다.

"스승님?"

아카쓰키는 자신이 무슨 말을 했는지 모르겠다는 듯 어리둥절한 표정이었다.

"제가 무슨 이상한 말이라도 했나요?"

"나를 스승님이라고 불렀잖아."

"스승님이요? 하하, 설마, 그럴 리가~"

"으응?"

"하하하, 하하하, 이부키 씨도 너무하시네. 농담하지 마세요."

아카쓰키는 집게손가락으로 코를 쓱쓱 문질렀다.

왜 갑자기 그가 이렇게 발랄해진 걸까. 나도 어리둥절해져서 그를 바라보았다. 그러자 그도 왜 내가 자신을 쳐다보는지 이해가 안 간다는 듯 어안이 벙벙한 표정이었다. 서로 멍하게 바라보기만 하는 바람에 『One Tone』은 시간을 잊고 무아지경에 빠진 공간이 되고 말았다.

"에에취!" 하고 나쓰메 씨의 재채기 덕분에 나는 제정신을 차렸다.

"왜 그러는데, 아카쓰키?"

"뭐가요."

"뭐냐니, 어쩐지 상태가 이상해서. 갑자기 말도 많아지고 발랄해 보여서 말이야. 휴대전화에 뭐 신경 쓰이는 연락이라도 왔어?"

"아, 어어?"

아카쓰키는 이제야 자신의 태도가 이상했다는 것을 알아차리고 얼굴을 붉혔다. 그리고 땀을 줄줄 흘리더니 "아니, 그게."라며 필사적으로 셔츠 소매로 이마를 닦았다.

"뭐 좋은 소식이라도 있었던 거야?"

"아니, 아니요."

"네가 그렇게 들떠 있다니 웬일이야."

"그게 아니라. ……네."

아카쓰키는 부끄러운지 얼굴을 들지 못한다. 이런 그를 보는 건 처음이다. 마치 소년 같았다.

"사실은……이거."

아카쓰키는 휴대전화의 화면을 나한테 내밀었다.

거기에는 한 통의 문자 메시지가 표시되어 있었다.

보낸 사람은 '아스미'라는 이름이었다. 『오래간만이야. 조금 이르지만, 11월 첫 번째 일요일, 오후 8시에 시간 괜찮아?』라는 내용이었다.

아카쓰키는 휴대전화를 다시 가만히 바라보다가 "이거 큰일이네." 하고 말했다. 그 얼굴은 어딘지 모르게……살짝 기뻐 보였다.

"뭐가 큰일인데?"

"아니에요."

아카쓰키는 휴대전화를 청바지 주머니에 넣고 "그럼 이만 가보겠습니다."라며 가게를 나섰다.

나는 문을 열고 그를 배웅했다. 내 눈에 비친 그의 뒷모습은 역시 기쁨으로 들썩이는 게 분명해 보였다. 그는 우산을 빙글빙글 돌리며 아무도 눈치채지 못할 정도로 가볍게 폴짝거리며 물웅덩이를 밟았다.

과묵한 그가 저렇게 신이 나다니.

나는 아스미라는 메시지를 보낸 인물이 아카쓰키와 예전에 사귄 여자가 아닐까 추측했다. 만약 그렇다면 그가 저렇게 좋아하는 것도 이해가 간다.

잊을 수 없는 그녀에게서 갑자기 만나자는 연락이 왔다.

안일한 생각일지는 모르겠지만, 그녀는 다시 시작하길 바라는 게 아닐까?

도저히 버리지 못했던 그의 마음이 여기서 열매를 맺는 게 아닐까?

그리고 그는 그걸 깨달았던 게 아닐까……?

내 마음대로 펼치는 얄팍한 망상이 자꾸만 부풀어 올랐다.

"역전 끝내기 홈런이군."

만화를 읽고 있던 나쓰메 씨가 진지하게 중얼거렸다.

다음 날에는 태풍이 지나가서 다시 가게 문을 열었는데, 그 때부터 아카쓰키의 기분은 최고조를 찍었다.

그는 평소보다 훨씬 더 민첩하게, 그러면서 과묵하게 행동했지만, 걸음을 옮길 때마다 '너무 좋아!'라는 말이 들려올 것처럼 가볍게 스텝을 밟아가며 손님에게 술을 가져다줬다. 주문을 받으면 평소에는 "네."라고 끝냈으면서 오늘은 "알겠습니다. 잠시만 기다려주세요."라고 대답했다.

술을 대접할 때도 평상시의 "주문 나왔습니다."가 "오래 기다리셨습니다. 주문하신 술은 저희 『One Tone』이 자랑하는 블러드 앤드 샌드입니다. 위스키, 베르무트, 브랜디에 오렌지 주스를 넣은 것으로 '피와 모래'라는 이름을 가졌습니다. 달지만 알싸한 베르무트와 향기가 진한 브랜디가 녹아 있으니 감미롭고 유혹적인 맛을 즐기실 수 있습니다."가 되었다.

이런 식으로 아무도 묻지 않았는데도 아카쓰키는 손님을 붙들어놓고 술의 설명을 줄줄이 늘어놓기까지 할 정도였다.

단골손님 중 하나가 "무슨 일 있었어?" 하고 아카쓰키에게 물었다. 그는 "아무 일도 없어요."라고 말하면서 마치 뮤지컬 배우처럼 둥실거리는 발놀림으로 내 곁에 돌아왔다.

그 모습을 바에서 곁눈질하던 마호 씨가 "아, 징그러워."라고 중얼거렸다.

"뭐야, 저 녀석? 왜 저렇게 바보처럼 들떠서 난리지?"

그녀는 가게에 들어서자마자 바로 아카쓰키의 기분을 알아차리고, 곧바로 마음에 들지 않는다는 듯 독한 술을 벌컥벌컥 들이켰다.

나는 주변 눈을 피해 마호 씨한테 슬쩍 귀띔했다.

"어제 아스미라는 여자한테서 메시지를 받은 것 같더라고요."

"네에~?"

오후 9시, 이제 거나하게 술에 취한 마호 씨는 쾅 하고 텀블러를 내려놓으며 게슴츠레하게 취기로 젖은 눈을 했다. 바끝에 있던 와가하이가 깜짝 놀라 털을 바짝 세웠다.

"아니, 그 여자 뭐야! 이제 와서 그 녀석한테 무슨 볼일이 있다는 건데!"

나는 자신의 경솔함을 탓했다. 괜한 말을 했다고 후회했다.

마호 씨는 겸연쩍어하는 나를 빤히 바라보았다. "왜 입을 다무시는 건데요?"라고 중얼거리더니 내 오른손을 잡고 끌어당기면서 얼굴을 들이댔다.

"뭐라고 연락이 왔는데요?"

"아니, 그게."

"알려주지 않으면 바 위에 토할 거예요."

"아아, 그게 말이죠."

"좋았어. 우에엑."

나는 자기 입에 엄지손가락을 쑥 집어넣는 마호 씨의 구속에서 벗어나, 포기하고 메시지 내용을 알려줬다.

그러자 마호 씨는 두 눈을 역삼각형으로 뾰족이 세우며 화를 냈다.

"뭐야, 정말! 그 여자, 진짜 뭐냐고!"

분통을 터트리는 그 모습은 아카쓰키와는 완전히 정반대였다.

"그 여자가 이제 와서 아카쓰키가 그리워졌으니까 외로워서 연락한 거겠지? 흥!"

"마호 씨, 좀 조용히……."

"저는 그런 여자가 제일 싫어요! 그리고 그런 연락 하나 받고 좋다고 난리를 치는 아카쓰키도 싫고! 뭐야, 아카쓰키는 결국 그 여자의 어장 관리에 놀아나는 거 아니냐고! 한심하게!"

"아직 그렇다고 정해진 게 아니에요."

"그렇게 정해진 거 맞아요. 당연하다고요!"

나는 군가라도 부르는 병사처럼 주먹을 위아래로 흔들어대는 마호 씨의 양어깨를 잡아서 가게 안쪽으로 질질 끌고 갔다. 이 이상 소란을 피우면 다른 손님에게도 폐가 될 거라 생각했기 때문이다.

마호 씨는 얼큰히 취해 있었다. 가게 안쪽 방으로 데려가 나쓰메 씨가 깔아둔 채로 놔둔 이불 위에 눕히자, 그녀는 "끄응." 하고 신음하며 눈을 번쩍 뜬 채로 천장 조명을 바라봤다.

"괜찮으세요?"

"네."

"아저씨 냄새나는 곳이죠?"

"괜찮아요."

"다행이다. 그럼 잠시 여기서 쉬세요."

나는 물이 담긴 페트병을 마호 씨 머리맡에 놔두고, 미닫이 문에 손을 댔다. 그리고 방을 나가려 했다.

"있죠, 이부키 씨."

천장을 보면서 마호 씨는 나를 붙잡듯 말했다.

"아스미라는 여자에 대해 아세요?"

이유는 알 수 없었지만 나는 가슴이 철렁 내려앉았다.

나는 조용히 고개를 가로저었다.

마호 씨는 여전히 천장만 바라보고 있었다.

"저는 아스미를 잘 알아요."

나는 대답 대신 침묵만 지켰다.

"그 여자는 아카쓰키가 처음으로 아르바이트를 시작한 레스토랑에서 만난 사람이에요. 우연히 제 중학교 동급생이기도 했죠."

나는 듣고만 있을 수밖에 없었다.

"벌써 4년 전의 일이지만 그 녀석은 '귀뚜라미'라는 밴드의 베이스로 열심히 밴드 활동을 했어요."

그건 나도 안다.

"메이저 데뷔를 목표로 아카쓰키는 매일 열심히 노력했죠. 아르바이트가 끝나면 스튜디오에 가서 연습하고, 또 그 다음 날 아침에는 아르바이트, 늦게 퇴근해서 밤에는 연습, 아르바이트, 라이브, 아르바이트, 연습, 라이브……. 음악에 목숨을 건 것처럼 생활했어요."

마호 씨가 드문드문 이야기를 이어갔다.

"그 녀석은 원래 과묵해서 어지간한 일로 우는 소리는 절대로 안 해요. 하지만 사실 부담이 컸던 거겠죠. 주변 사람들이 점점 행복해지는 걸 보면서요. ……저는 딱 한 번 그 녀석이 자기 속내를 털어놓는 걸 들었어요. 우리 둘 다 아는 친구 집에 모여서 다 같이 느긋하게 술을 마실 때였죠. 홈 파티 같은 거였다고나 할까요. 그 자리에는 아스미도 있었어요. 밤이 늦자 하나둘씩 친구들이 잠에 빠지고 저와 그 녀석, 그리고 아스미만 깨어 있는 상태였죠. 그런데 갑자기 아카쓰키가 미래에 대한 불안감을 이야기하기 시작했어요. 이대로 생활해도 괜찮을 걸까, 가수 데뷔도 못 하고 평생 아르바이트나 하면서 끝까지 음악에 매달려야 하냐고요. 아카쓰키가 저래 봬도 별로 술이 세지 않아요. 그래서 분명 술에 취해서 그런 말을 했겠지만, 저는 그 녀석이 그런 약한 소리를 하는 건 처음 봐서 깜짝 놀랐어요."

밖에서 "이부키 씨, 주문이요."라는 아카쓰키의 목소리가 들렸다.

"이만 가봐야겠어요."

나는 다시 미닫이문을 열려고 했다.

오른발 쪽에 턱 하고 뭔가 걸리는 것이 느껴졌다.

마호 씨가 손을 뻗어 내 바짓자락을 붙잡고 있었다.

"저는 아카쓰키에게 무슨 말을 하면 좋을지 망설였어요. 그저 단순히 다독이면 될 일인지, 아니면 질타나 격려를 해야 좋을지. 그 녀석이 어떤 말을 듣길 바라는지. 무슨 말을 원하고, 원하지 않는지……고민했죠."

"마호 씨."

"그러고 있는 사이에 아스미는 그 녀석의 손을 잡고 눈물이 그렁그렁한 눈으로 말했어요. '괜찮아. 아카쓰키 너라면 반드시 프로가 돼서 음악인으로 성공할 수 있을 거야. 내가 계속 응원할게'라고요. 그러자 아카쓰키는 당장이라도 눈물을 쏟을 것처럼……구원이라도 받은 얼굴로 아스미를 바라봤어요. 그리고 아스미의 손을 꼭 잡은 채 '고마워'라고 그 한마디만 했죠. 그 순간……제 왼쪽 가슴에 어쩐지 큰 구멍이 뚫린 듯한 느낌이 들었어요……. 끝도 없이 시커멓고 바람만 휭휭 불어대는 큰 구멍이요……."

나는 마호 씨의 얼굴을 봤다.

그녀는 눈을 감고 있었다.

"왜 나는 그런 말을 해주지 못했던 걸까. 왜 내가 아니었던 걸까."

그렇게 중얼거리더니 그녀는 그대로 새근새근 숨소리를 내며 잠들었다.

나는 조용히 방을 나왔다.

서로 꼭 끌어안은 채 낮잠을 잘 때, 너는 자주 이불을 걷어차곤 했다.

끈적거리는 여름 공기를 가득 메우고 그치지 않는 매미 울음소리.

너는 자면서 답답한지 꼼지락거리며 내 가슴에 얼굴을 묻었다.

"더워?" 하고 속삭이니 "더워." 하고 네가 대답했다.

"에어컨 온도 더 낮출까?" 하고 묻자 "괜찮아." 하고 네가 말했다.

"더우면 좀 떨어져 있어도 돼."라고 소곤거리자 "싫어." 하고 네가 답했다.

그리고

"행복하다."

하고 네가 미소를 지었다.

그러는 사이에 너의 잠든 숨소리가 들리기 시작했다.

나는 네 가느다란 등을 꼭 안고 눈을 감았다.

아아.

이대로 화석이 되면 좋겠다.

오전 8시 알람시계가 울리자 나는 자리에서 벌떡 몸을 일으켰다.

술을 못 마시는 몸이 된 지 5개월 정도.

나는 술기운의 힘을 빌리지 않고 오래간만에 네 꿈을 꿨다.

한여름 낮에 너와 같이 낮잠을 잘 때의 꿈이었다.

아아, 아아, 아아, 아아, 아아.

너를 만났다.

너를 만날 수 있었다.

보고 싶었다.

얼마나 보고 싶었는지 모른다.

꿈은 아주 잠깐이었다.

꽉 쥔 주먹에 눈물이 툭툭 떨어졌다.

"하하하." 하는 소리가 새어 나왔다.

울고 싶을 정도로 기뻤다.

그와 동시에 웃음이 튀어나올 정도로 외로웠다.

천 년 후에도, 1억 년 후에도 너와 내가 같이 있는 화석이 발견될 일은 없을 것이다.

계절은 자꾸만 흘러간다.

올해 두 번째 태풍이 지나고 마침내 여름도 자취를 감췄다. 주변을 감도는 공기가 쌀쌀해져 이제 완전히 가을의 정취가 완연하다. 나쓰메 씨는 여전히 『One Tone』에 머물고 있다. 나는 멍하게 보옥만 모으는 나날을 보냈다.

가로수의 낙엽을 올려다보며 가게로 향했다.

와세다의 거리를 혼자 걸었다.

아카리. 저 모퉁이에서, 저 나무 그늘에서, 저 골목에서, 저 찻집에서 언제든 나타나지는 않을까. 그날처럼 언제나 밝은 미소를 지으며 내 앞에 나타나지 않을까.

보고 싶어, 아카리.

그저 다시 한번……만나고 싶다.

보고 싶다.

괴롭다.

괴롭다.

만나고 싶다.

그 이외의 말은 없다.

빌딩 창문에, 비가 그치고 생긴 반짝이는 물웅덩이에, 도로 반사경의 빛에, 네 모습을 비추면서 걷는 사이 나는『One Tone』에 도착했다.

금요일 오후 4시, 가게 앞에서 웬일로 와가하이와 마주쳤다.

내가 가볍게 손을 들어 인사하자, 와가하이는 고개를 홱 돌렸다.

나쓰메 씨가 나타난 이후로, 와가하이의 말수는 매우 줄어들었다.

"오늘은 일찍 왔네요?"

나는 별생각 없이 와가하이에게 물었다.

"……."

"요즘 은근 말수가 적네요."

"……."

"나쓰메 씨가 있어서 부끄러운 모양이죠?"

"……."

"그런 귀여운 면도 다 있네요."

"흥."

내 도발이 효과가 있었는지, 와가하이는 결국 콧방귀를 뀌며 나를 올려다봤다.

"무슨 그런 바보 같은 소리를 하는 거야? 바텐더."

"오래간만에 당신의 목소리를 들었네요."

"나쓰메 소세키를 불러들일 줄은 나도 예상 못 했던 일이야."

"자신을 낳은 존재 곁에 있어서 괴로운가요?"

와가하이는 아무런 대답도 하지 않고 꼬리만 살랑였다.

그리고 잠시 뜸을 들이다가 아주 의외의 말을 어쩐지 슬픈 어조로 꺼냈다.

"너는 나와 만난 걸 다행이라고 생각해?"

갑작스러운 물음에 나는 허를 찔려 아무런 대답도 하지 못했다.

와가하이는 그릉그릉 웃었다. 그리고 다시 입을 다문 채 태연한 얼굴로 가게 문을 벅벅 긁었다.

내가 문을 열어주자 와가하이는 열린 문틈으로 능숙하게 가게 안으로 들어갔다. 바 위로 뛰어 올라가 항상 술을 핥는 구석 자리로 가서 웅크렸다. 마찬가지로 매번 앉는 자리에서 만화를 읽고 있던 나쓰메 씨가 자리에서 일어나 웅크리고 있는 와가하이 곁으로 다가가 그 등을 쓰다듬었다.

"고양이, 고양이." 하고 나쓰메 씨는 말했다. 와가하이는 그가 이리저리 머리를 쓰다듬는 것도 신경 쓰지 않고 가만히 있었다.

영업이 시작되면서 여전히 기분이 좋은 아카쓰키와 함께 주문을 받았다. 퇴근길에 스미레 씨가 들렀지만, 마호 씨는 오지 않았다.

와가하이가 토하는 보옥은 순조롭게 쌓이고 있다.

나는 잠시 가게 뒤편으로 가서 보옥을 담아두는 병을 확인했다.

10월 초순인 현재, 보옥은 3분의 2 정도 모인 상태였다. 대충 예측해 보건대 빠르면 11월 중순, 조금 늦더라도 12월 초순에는 확실히 보옥을 모아 유령을 불러낼 수 있다.

영업이 끝났지만 나는 아직 가게 문을 닫지 않았다. 아카쓰키는 "오늘도 정말 고생 많으셨습니다."라는 그의 입에서 처음으로 듣는 인사를 남기고 먼저 퇴근했다.

밤 12시, 가게에 남은 이는 와가하이와 스미레 씨뿐이었다. 나쓰메 씨는 벌써 잠자리에 들었다.

나는 스미레 씨를 앞에 두고 오리지널 칵테일 개발 중이었다. 내일이 쉬는 날인 그녀는 밤을 새워도 괜찮다면서 내 연구를 위해 같이 있어 주겠단다.

스미레 씨는 화장실에 갔다 오는 길에 비틀거리는 발걸음으로 가게 안쪽으로 갔다가 다시 바로 돌아왔다. 잠든 나쓰메 씨를 살펴보러 갔던 모양이다.

"푹 주무시네요."

자리에 앉으며 스미레 씨가 말했다.

"슬쩍 이불을 걷어봤더니 역시 다리가 없었어요."

"유령이니까요."

"저는 아직도 그게 무슨 트릭이 아닐까 계속 궁금하다니까요."

"유령이잖아요."

"CG 같은 거 아닐까요? 제가 모르는 무슨 미래 기술이 사용되는 걸지도 몰라요."

나는 웃었다. "아직도 그런 말씀을."

"저는 유령 따위 절대로 안 믿으니까요."

스미레 씨는 턱을 괸 채 한숨을 내쉬었다.

"전 어릴 때 귀신이니 유령이니 그런 게 참 싫었어요. 지금이야 괜찮지만 어릴 때는 지금보다 겁이 많아서 제가 놀라는 걸 본 귀신이 더 놀랄 정도로 겁이 많았거든요."

나는 스미레 씨한테 잘게 부순 얼음을 넣은 칵테일 '소노라'를 내어주었다. 그녀는 한 모금 마시더니 "어머, 맛있다."라며 미소를 짓고 이야기를 계속했다.

"그렇게 제가 놀라는 모습이 재미있다며 주변에서는 자주 절 놀렸어요. 시트를 뒤집어쓴 채로 슬금슬금 뒤로 다가와 '이히히히' 하는 식으로요. 그럼 저는 '으아악!' 하고 비명을 지르면서 적에게 쫓기는 성룡처럼 파닥거리니까 다들 저를 좋은 놀림감으로 삼았던 거예요."

나는 어린 스미레 씨가 울면서 우왕좌왕하는 모습을 상상했다.

"그러고 보니 아직도 못 잊겠네. 아마 초등학교 4학년 여름 때였나? 학교가 끝나고 집으로 돌아가던 때였어요. 아, 제 고향이 니가타거든요. 논밭이 가득한 시골 마을 출신이죠. 불이라도 난 것 같은 석양이 너무 무서워서 빨리 집에 가려고 논두렁길을 서둘러 걷고 있는데 몰래 제 뒤를 따라온 동급생 남자애가 갑자기 큰 소리를 질렀어요."

"심하게 놀랐겠네요."

"네, 그때는 진짜 3미터 정도는 펄쩍 뛰지 않았을까 싶어요. 뒤를 돌아보니 그 남자애는 무섭게 생긴 유령 가면까지 쓰고 있었죠. 숨이 턱 막힐 정도로 놀란 저는 패닉 상태에 빠져서 주변을 마구 뛰어다니다가 결국 논에 머리를 푹 처박고 말았어요. 무슨 일이 일어났는지 알지도 못한 채 몸을 일으키자 저를 놀라게 한 남자애가 부들부들 떨고 있더군요. 멍해진 저는 푹 젖은 몸을 살펴보니 온몸에 거대한 거머리가 잔뜩 붙어서 우글우글……!"

"흐악!"

비명을 지른 건 내가 아니라 바 구석에 웅크리고 있던 와가하이였다.

우리의 시선을 눈치챈 와가하이는 "큼큼." 헛기침을 하더니 "계속해."라며 말했다.

"……그래서 몸에 붙은 거머리를 본 순간, 뭐랄까 머릿속에서 어떤 씨앗이 탁 터지는 느낌이 들더라고요. 몸에서 핏기가 싹 가시는 것과 동시에, 윤곽을 갖춘 '유령'의 실체와 맞닥트린 것 같은 그런 느낌이요. 실제로 무서운 경험을 하고 나니 오히려 잘 알 수도 없이 흐릿하고 무서운 존재에는 두려움을 못 느끼게 됐다고나 할까. 이마에 붙은 거머리를 떼어내면서 이런 생각이 들었어요. 아아, 유령 따위는 별것도 아니구나. 거머리처럼 피를 빠는 것도 아니고 미끈거리지도 않는데 별것도 아니네. 그런 거라면 없는 것과 똑같네. 그 이후로 저는 유령을 믿지 않아요. 무섭다, 무섭지 않다가 아니라 아예 그런 건 존재하지 않다고 보는 거죠. 그러니까 분명 나쓰메 씨와 똑같이 생긴 저 사람의 다리에도 무슨 트릭이 있을 거예요."

스미레 씨는 숨을 토해내는 것처럼 쿡쿡 웃었다.

"이 이야기를 하는 거 이부키 씨가 처음이에요."

문득 돌이켜보니 처음으로 스미레 씨가 『One Tone』를 방문한 지 벌써 반년 이상이 지났다.

지금은 단골손님 중에서도 나와 친숙한 사이가 된 그녀는 시간이 나면 이것저것 가게 일도 도와준다. 손님들로 바쁜 시간에는 따로 부탁하지 않아도 웨이터 같은 역할도 해주고, 휴일에는 내 오리지널 칵테일 개발을 돕기도 한다.

그녀는 평온한 달 같은 사람이었다. 행동거지가 품위 있고 부드러우면서 지적인데도 잘난척하지 않았다. 배려심도 있고 관찰력도 있는 데다 온후독실(溫厚篤實)하게 만사를 잘 해낸다.

나는 그런 스미레 씨의 태도에 감탄하기도 했지만, 그렇다고 그녀는 '온화함'이라는 한마디로 설명할 수 있는 사람도 아니었다.

어느 날 밤, 취한 단골손님 몇 명이 사소한 일로 실랑이를 벌일 뻔했다. 어떻게 분위기를 수습하면 좋을지 몰라 망설이고 있는데, 나보다 먼저 스미레 씨가 움직였다. 그녀는 당사자들의 목덜미를 질질 잡아끌어 가게 밖으로 내쫓더니 "밖에서!"라는 말만 남긴 채 문을 탁 닫아버렸다. 나를 포함해 가게 안에 남아 있던 사람들은 "아주 호쾌한 여장부인걸?" 하고 깜짝 놀랐다.

또 어느 날 밤의 그녀는 나쓰메 씨를 만나겠다고 찾아온 에니시다와 마주쳤는데 이렇게 외쳤다.

"당장 집으로 가셔서 원고부터 쓰세요! 마감이 대체 얼마나 지난 줄 아세요!"

그리고는 귀신처럼 새빨간 얼굴로 두 팔을 마구 휘둘렀다.

당황해서 도망가는 에니시다를 배웅하며 그녀는 "아아, 정말이지!" 하고 한숨을 토해냈다. "하여간 틈만 나면 저러신다니까!"

"스미레 씨는 참 재미있는 분이시네요."라고 나는 말했다.

"평소에는 자상한데 가끔 굉장히 엄하잖아요."

"과유불급이라는 말이 있듯, 뭐든 너무 풀어주고 다 받아주면 안 되는 법이라고요. 특히 작가들은 금방 나태하게 구는 사람들이니까."

나쓰메 씨는 읽고 있던 만화를 놔둔 채 귀를 꾹 막아 버렸다.

"정말 멋지신 것 같아요, 스미레 씨."

나는 미소를 지었다.

스미레 씨의 사고방식에 대해 칭찬할 셈으로 한 말이었지만 그녀는 그 말을 음미하듯 굳어 있다가 곧 뺨을 붉히더니

"가, 감사합니다……."

라고 작게 대답했다.

"이, 이부키 씨한테 그런 칭찬을 듣다니 기쁘네요."

스미레 씨는 이마에 맺힌 땀을 탁탁 닦더니 수줍게 웃었다.

아스미라는 여자로부터 메시지가 도착한 지 약 3개월이 지나가고 있음에도 아카쓰키는 여전히 안절부절못했다.

가을도 깊어진 11월 초순, 좀처럼 가라앉지 않는 아카쓰키의 들뜬 모습에 결국 마호 씨의 짜증이 폭발했다.

"아아아, 너 정말 징그럽다, 징그러워!"

영업이 완전히 끝나 뒷정리를 하고 있는데, 아직도 바에 앉아 느긋하게 맥주를 마시고 있던 마호 씨가 갑자기 고함을 쳤

다.

"너 정말 뭐야!"

휘파람을 불면서 테이블을 닦던 아카쓰키가 깜짝 놀라 마호 씨를 쳐다봤다.

"나?"

"그래, 너!"

"왜 그러는데?"

"그건 내가 할 말이야! 네가 무슨 도라에몽이야? 꼭 발이 땅에 안 닿는 것처럼 둥둥 떠다니기나 하고!"

"뭐 그런 비유가 다 있냐?"

"도라에몽은 미묘하게 발이 땅에 닿아 있다고요."라고 후지코 후지오*를 좋아하는 내가 저도 모르게 중얼거렸다.

"아스미한테 메시지를 받은 게 그렇게 좋냐고!"

마호 씨는 거의 고함이라도 치는 것처럼 말했다. 아카쓰키는 다시 한번 흠칫 어깨를 떨더니 마호 씨를 보고 곧 나를 쳐다보았다. 그 눈동자는 '다 말했군요?'라는 뜻을 품고 있었다. 나는 살짝 고개를 숙였다.

"너 정말 징그러워! 징그럽다고!"

"시끄러워. 너하고 상관없는 일이야."

"상관이 없어도 근처에서 그렇게 꿈틀거리면 신경 안 쓰고 싶어도 눈이 간단 말이야! 네가 무슨 지렁이야? 그렇게 꿈틀

* 도라에몽 만화가 콤비

대게?!"

"너 술 너무 마셨다. 이제 그만하고 어서 가."

"♪띠리리, 띠리리리, 띠리리~! 띠리리, 띠리리리, 띠리리~! 짜란, 짜란, 짜란♪ 짜란, 짜란, 짜란♪ 아카쓰키의 '아'는 아쉬움의 '아'~!"

아카쓰키는 뚱한 얼굴로 마호 씨에게 다가가 탁 하고 손으로 바 테이블 위를 내려쳤다.

"남의 일에 참견하지 마."

마호 씨는 맥주잔에 남아 있던 맥주를 단번에 비우고, 긴 숨을 토해냈다.

"그래, 그래, 그거참 미안하게 됐네요!"

"너 진짜 왜 자꾸 이상하게 굴어?"

"뭐가 이상하다는 거야~?"

"이상해."

"아니거든~?"

"이상해."

"아니야~"

결국 아카쓰키는 얼굴을 홱 돌려 다시 정리 작업을 시작했다. 대화가 통하지 않는다고 판단했는지 마호 씨는 빈 잔을 쭉 기울여 흘러나오는 약간의 거품을 마셨다.

그리고 쾅 하고 잔을 내려놓으며 잠시 그 자세로 굳어 있다가 눈물을 줄줄 흘리기 시작했다.

"앗?!"

나는 놀라서 허둥거렸다.

"마, 마호 씨! 마호 씨!"

마호 씨는 눈물을 닦을 생각도 하지 않고 무표정으로 울기만 했다.

그러자 제아무리 아카쓰키라도 이 이상한 상황을 알아차리고 손을 멈췄다.

나는 바를 나와 마호 씨 옆에 앉아 손수건을 건넸다. 마호 씨는 그걸 묵묵히 받아들고 줄줄 흐르는 눈물을 닦았다. 마지막으로 코까지 팽 풀더니 "흐으윽." 하고 신음했다.

"흐으으, 흐으으."

그대로 자리에서 일어난 그녀는 터벅터벅 입구를 향해 걸어갔다.

내가 그 등에 대고 그녀를 부르려던 순간, 그녀는 크게 울음을 터트리고 말았다.

『One Tone』은 금세 아기 같은 울음소리로 가득 찼다.

나보다 빨리 아카쓰키가 그녀 곁으로 달려갔다. 그리고 펑펑 울어대는 그녀를 어떻게 하면 좋을지 몰라 허둥대기만 했다. 잠시 어물거리다가 뭔가 좋은 생각이 났다는 듯 주머니에 손을 넣어 포장지에 작은 무늬가 들어간 작고 동그란 사탕을 하나 꺼냈다. 그러더니 우느라 크게 벌린 그녀의 입속에 그걸 쏙 넣었다.

"자."

나는 그건 또 무슨 짓인가 눈을 의심했으나, 마호 씨는 점차 울음을 그치고 오물오물 사탕을 먹기 시작했다. '정말 그걸로 된 건가.' 하는 생각이 들었지만, 그녀는 딸꾹질까지 하면서 "죄송합니다."라고 말했다.

"폐를 끼쳐서 정말 죄송합니다."

마호 씨는 사탕을 입에 문 채 눈물을 닦으며 가게를 나갔다.

곧바로 아카쓰키가 따라가려고 했지만 "괜찮아."라는 마호 씨의 대답이 들려왔다.

다만 아까부터 혼자 차분하게 있었던 나쓰메 씨가 "자겠네."라고 말하며 자리에서 일어났다.

술을 못 마시는 저주에 걸린 지도 어느덧 7개월.

아침에 세수하고 거울을 본다. 뚝뚝 떨어지는 물방울 사이로 보이는 건 올봄에 비해 훨씬 혈색이 좋아진 남자의 얼굴이다. 어둡게 깔렸던 눈동자에도 조금은 생기가 감돌고 있는 것처럼 보인다. 구토나 실신하는 일도 없어지고 생활 리듬도 훨씬 안정을 되찾았다.

술을 한 모금도 마시지 않는 생활이 이어지면서 나는 엉망

진창인 몸 상태에서 벗어날 수 있었다.

별생각 없이 체중을 재니 몇 킬로그램이나 쪄 있었다. 이건 내가 술만 끊어서가 아니라 제대로 된 식사를 챙겨 먹게 되어서 이렇게 된 것인데, 이것도 다 스미레 씨의 노력 덕분이다.

여름부터 그녀는 『One Tone』에 올 때마다 꼭 뭐든지 간에 요리를 하나씩 가지고 왔다. 내가 제대로 먹지 않는다는 것을 걱정했기 때문이었다. 그녀는 반찬 통에 조림, 튀김, 구이, 어묵 요리, 주먹밥, 유부초밥, 찰밥, 팥밥, 떡…… 아무튼 이것들을 잔뜩 채워와 활짝 웃으면서 "이거 드세요." 하고 내밀었다.

"이부키 씨는 무슨 허수아비처럼 잔뜩 말랐잖아요."

나는 대식가가 아니다. 그러나 그녀가 너의 의견은 중요하지 않다는 표정으로 음식을 내미는 한, 나는 그 음식이 잔뜩 담긴 반찬 통을 계속 받을 수밖에 없었다. 남기는 것도 미안해서 꾸역꾸역 다 먹었다.

그리고 "맛있었어요."라고 말하면 그녀는 진심으로 기쁘게 웃었다.

"또 만들어 올게요."

처음에는 그녀가 그저 친절하다고만 느꼈는데 어느새 나도 그녀의 요리를 좋아하게 됐다.

"스미레 씨는 참 좋은 사람이네."

11월 첫 번째 금요일 저녁.

“『야구짱! 도카벤』을 다 읽을 때까지는 천상에 돌아가지 않을 것이네.”라고 말한 나쓰메 씨가 화장실에 간 사이에, 바구석에 웅크리고 있던 와가하이가 얼굴을 들며 그렇게 중얼거렸다.

“참 훌륭한 여자야.”

얼음을 깨던 나는 깜짝 놀랐다.

“아니, 갑자기 그게 무슨 소리예요?”

“네 곁에서 계속 그녀를 보면서 느낀 거야.”

“하긴 재미있고 다정한 사람이긴 하죠.”

“외모도 괜찮아.”

“네.”

“능력도 있고.”

“네.”

“지성도 있지.”

“네.”

“사려도 깊어.”

“네.”

“요리도 잘해.”

“네.”

“널 잘 챙겨주기까지 하지.”

“감사합니다.”

“그러면서도 굳이 사정을 캐물으려고 하지도 않아.”

"참 분별력이 있죠."

"그리고 너에 대해 특별한 감정까지 품고 있어."

"특별한 감정이요?"

"아직도 몰라?"

나는 손을 멈추고 생각에 잠겼다.

"모르겠는데요."

"정말 모르겠어?"

"짐작이 안 가네요."

와가하이는 눈을 가늘게 떴다.

"거짓말이네."

"진짜예요."

와가하이는 잠시 입을 다물었다.

그리고 다시 무슨 말을 하려는데 "♪이와키*, 이와키~" 하고 콧노래를 부르면서 화장실에서 나쓰메 씨가 되돌아왔다.

와가하이는 다시 몸을 웅크리며 묵묵히 눈을 감았다.

그리고 영업이 시작할 때까지 계속 가만히 있었다.

나도 조용히 장사 준비를 하기 시작했다.

"잠시 시간 좀 내주시겠어요?"

* 『야구짱! 도카벤』의 등장인물

그날 영업이 끝나고 나서 아카쓰키가 나를 붙잡았다.

"취하지 않으면 진정이 안 돼서요."

아카쓰키가 작게 말했다.

그가 진정하지 못하는 이유에 대해 짚이는 것이 있던 나는 곧바로 "그래." 하고 대답했다.

"잔 좀 내올래? 마실 것 만들어 줄게."

오늘은 11월 첫 번째 토요일.

남의 일에 참견하는 것 같아 미안하지만 몇 번이나 떠올리곤 했으니 분명하다.

내일은 아카쓰키가 아스미라는 여자를 만나기로 한 약속의 그날이다.

영업 중을 제외하고는 술은 입에 대지도 못해서 난 술은 마실 수 없다. 대신 바에 나란히 앉아 아카쓰키는 가쿠빈, 나는 소다를 따라 건배했다. 아직 깨어 있던 나쓰메 씨가 와서 소다에 딸기잼을 타서 달라고 했다. "목이 마르군."이라고 나쓰메 씨가 말했다.

"내일이구나."

내가 말했다.

"괜찮아?"

"네."

"긴장한 것 같은데."

아카쓰키는 위스키를 마시고 나서 숨을 토해냈다.

"부끄럽지만 사실 그래요."

"그 여자를 만나려고?"

나쓰메 씨가 막대로 잼 소다를 빙빙 휘저으면서 말했다.

"나쓰메 씨, 아카쓰키의 일을 다 알고 계셨어요?"

"알고 뭐고 간에 자네들이 늘 큰 소리로 떠드니까 귀에 멋대로 들어온 것이지. 싫어도 다 사정을 알게 된 걸세."

나쓰메 씨는 화라도 난 것처럼 콧김을 뿜었다. "자네들이 얼마나 시끄러운지 아나?"

아카쓰키는 잔에 담긴 술을 들이켜고, 가쿠빈에서 위스키를 한 잔 더 따라 그걸 또 벌컥 마시는 것을 세 번이나 반복했다. 제법 빠른 페이스에 걱정했지만, 그는 전혀 취하지 않고 계속해서 물처럼 위스키를 마셨다.

"자네는 참 소심한 청년이군."

그 모습을 지켜보던 나쓰메 씨가 어이가 없다는 듯 말했다.

"만나는 게 무서운 거지?"

아카쓰키는 대답하지 않았다.

"이미 결심은 섰지 않나. 그녀가 다시 만나자고 하면 자네는 거기에 응할 셈이겠지."

아카쓰키의 마음을 다 꿰뚫어 본 것처럼 나쓰메 씨가 말했다.

아카쓰키는 입술을 꽉 깨물었다. 그리고 견디지 못하고 술로 도망쳤다. 술을 꿀꺽꿀꺽 들이켜다가 기침을 했지만, 그래도 꾸역꾸역 마시더니 결국 한 병을 다 비우고 말았다. 그리고 괴로워하며 중얼거렸다.

"저는 지금도 그녀를 좋아해요."

나는 바늘로 가슴을 찔린 듯한 따끔함을 느꼈다.

"그녀와 함께 지낸 시간이, 그녀와 함께 갔던 곳이, 그녀와 나눴던 말이, 그녀와 맞잡았던 손의 감촉이 계속, 계속 마음속에 달라붙어 있어서 아무리 그녀를 탓하고, 아무리 술을 마셔도 떨어지지 않아요. 떨어지지를 않는다고요. 잊을 수도 없어요. 도저히 못 잊겠어요."

그의 목소리가 떨렸다.

"바람을 피우고 저를 버려도. 제가 먼저 인연을 끊으려고 해 봤는데도. 좋아해요. 좋아서, 너무 좋아서, 견딜 수가 없어요. 아무리 찾아도 결국에는 그 말 말고는 다른 말이 생각나지 않아요. 하아, 아아, 흐윽, 부끄러워, 너무 부끄러워요. 하지만, 그래도 어쩔 수가 없어요. 좋아서 참을 수가 없어요. 좋은 걸 어떡해요."

아카쓰키는 마치 자신에게 이야기하는 것처럼 말했다. 술기운에 마음을 맡긴 채 울기도 하고 웃기도 했다.

나쓰메 씨는 한숨을 쉬고 작게 웃었다. 그러고는 내 얼굴을 보더니 또 씩 웃었다.

"이 가게 이름이 『One Tone』이었지?"

나는 고개를 끄덕였다.

"'한 가지 색'이로군. 자네들에게 잘 어울리는 말이야."

나쓰메 씨는 유쾌하게 웃음을 터트렸다.

"자네들은 영원히 한 여자를 못 잊지. 한 색조에만 물들어 버린 남자들이라 이 말일세."

아카쓰키.

너는 눈물을 흘릴 정도로 그 사람을 좋아하는구나.

그것도 나와 똑같아.

나쓰메 씨의 말처럼 『One Tone』의 가게 이름은 정말로 우리한테 딱 맞는 것 같아.

세상에 여자는 수도 없이 많은데, 왜 단 한 사람한테 그렇게나 집착하는 걸까.

왜 단 한 명을 잊지 못하는 걸까.

우리는 참 우스운 것 같아.

구제할 길이 없는 남자들이야.

하지만 아카쓰키.

네가 아무리 저 괴로움의 밑바닥에 떨어져도 난 네가 부러워.

눈물이 나올 정도로 부러워.

왜냐하면.

네가 좋아하는 사람은 여전히 살아 있으니까.

살아 있어.

필사적으로 찾으면 이 세상에서 찾아낼 수 있잖아.

너무 큰 희망을 바라면 안 돼.

그저 그것만으로도 괜찮지 않을까?

다음 날이 밝았다.

나는 남몰래 빠르게 뛰는 가슴을 꾹 눌렀다.

일어나자마자 잠옷 바람으로 안절부절못하면서 방 안을 왔다 갔다 했다. 책상 위에 놔둔 액자 속에 활짝 웃으며 V를 하고 있는 네 사진을 보다가, 또 근처를 왔다 갔다 하고, 다시 네 사진을 바라보았다.

"아카리, 아카쓰키는 괜찮을까?"

나는 너에게 물었다.

너는 '괜찮을 거야'라고 나를 격려하는 것처럼 생글거리고 있었다. 그 얼굴을 보는데 점차 용기가 불끈불끈 샘솟았다.

"그래, 분명 그럴 거야."

그라면 어떤 일이 벌어져도 분명 잘 대처할 것이다.

그는 지금도 사랑하는 그녀와의 만남을 진심으로 기뻐했다. 술에 잔뜩 취해서 '여자는 남을 속이는 생물'이라고 단정

짓긴 했지만, 솔직한 그 가슴 속에서는 그녀를 계속 잊지 못하고 있었다.

내가 바라는 건 단 하나.

그의 소망대로 이루어지는 것.

그렇다.

나는 어느새 그를 나 자신과 겹쳐 보고 있었다.

떨어져 있어도 계속 만나고 싶다고 기도하던 사람과 재회한다.

그와 아스미는 우리 사이와 같다.

그 재회가 어떻든 간에 나는 진심으로 다행이라고 생각한다.

좋아하는 사람과 또 만나서.

아카쓰키, 그 이상의 행복은 없어.

"우리도 분명 곧 다시 만나게 될 거야."

사진 속 네가 그렇게 말한 것 같았다.

'다음에 보옥이 다 채워지면 꼭 그쪽으로 갈게.'

"그래, 기다리고 있을게, 아카리."

나는 사진 속 네 뺨을 어루만졌다.

"괜찮아, 괜찮아. 아카쓰키라면 분명 괜찮아."

그렇게 몇 번이나 나 자신을 다독이긴 했으나 역시 쿵쿵 뛰는 가슴을 진정시킬 수 없었던 나는 낮부터 의미도 없이 집 안을 배회하다가 『One Tone』에 가기로 했다.

오늘은 아카쓰키에게 나오지 말라고 미리 말해 둬서 가게 문은 열지 않았다. 그러나 뭐라도 하지 않으면 도저히 진정이 안 될 것 같아서 손에 잡히는 대로 유리잔이라도 다 닦기로 마음먹었다. 그렇게 하면 조금은 기분이 가라앉을 것이다. 칵테일 개발이라도 하려 했으나 이 상태에서는 도저히 집중도 안 될 것 같았고 그보다 시음해 줄 사람이 없어서 포기했다.

가게 앞에는 멍한 표정의 마호 씨가 있었다. 마음이 다른 곳에 간 것처럼 저물어가는 가을 하늘을 물끄러미 올려다보는 중이었다. 그녀는 전선 위에 앉은 까마귀가 "까악." 하고 우는 것을 보고 따라서 "까악." 하고 중얼거렸다.

내가 부르자 그녀는 깜짝 놀라 얼른 다른 곳으로 가려고 했다.

"아, 가지 마세요."

나는 그녀를 얼른 붙잡았다.

"무슨 볼일이라도 있어요?"

"아니, 저어, 그게, 매, 맥주라도 한잔하려고……."

나는 문에 걸린 'Closed'의 명패를 가리키며 "오늘 쉬는 날이에요."라고 말했다.

"어제 말씀드리려고 했는데……."

"아? 아아, 그, 그렇군요."

마호 씨는 씁쓸하게 웃었다. "착각했네요."

"아카쓰키를 기다렸어요?"

내 물음에 마호 씨는 흠칫했다.

"걱정돼서 그러죠?"

"네, 어어, 그게, 그러니까."

마호 씨의 눈동자가 마치 물고기처럼 이리저리 움직였다. "그렇지는 않아요."

나는 작게 웃었다.

"괜찮으면 잠시 한잔하고 갈래요? 문 열게요."

·🍸·

매번 지정석에 앉아 독서 중인 나쓰메 씨는 오늘도 여전히 가구처럼 진을 치고 있었다. 우리가 들어와도 개의치 않고 산처럼 쌓여 있는 만화 앞에서 묵묵히 페이지만 넘길 뿐이었다. 어젯밤 일은 마치 거짓말이었다는 것처럼 아무 말도 없다. 그가 가게 안으로 들였는지 바 구석에는 와가하이가 쭉 기지개를 켜던 참이었다.

"얼마 전에는 괜찮았어요?"

맥주 기계에서 맥주를 따르면서, 나는 마호 씨에게 물었다. 얼마 전이란 물론 그녀가 대성통곡하면서 사탕을 물고 가게를 떠난 날의 일을 말하는 것이다.

"그때는 정말 폐를 끼쳐 죄송했어요."

"많이 취하셨던데."

"제가 그때는 어떻게 됐었나 봐요."

"기억나세요?"

나는 그녀 앞에 맥주를 내려놓았다. 그녀는 잔에 뜬 거품을 바라봤다. "다 기억나요."라고 말하며 한 모금 술을 마셨다.

그리고 결심한 것처럼

"이부키 씨, 그거 아세요? 아카쓰키를 버리고 아스미가 선택한 남자에 대해서."

갑작스러운 그 말에 나는 놀라움이 표정에 드러나지 않도록 애를 쓰면서 "아니요."라고 고개를 가로저었다.

마호 씨는 웃었다.

"얼마나 대단한데요. 그 남자 아버지는 정부 관료, 어머니는 구의회 의원이에요. 그 남자는 초등학생 때까지 해외에서 자랐고, 마치 에스컬레이터라도 탄 것처럼 게이오 대학 졸업, 현재는 대형 보험 회사의 회사원이에요. 알겠어요? 꿈만 바라보고 아르바이트 생활을 하는 아카쓰키와는 전혀 다른 세계를 사는 사람이라고요."

"마호 씨는 어떻게 그 남자에 대해 아세요?"

"아카쓰키한테서 들었어요."

마호 씨는 경멸한다는 듯 웃으며 맥주를 마셨다.

"그럼 아카쓰키는 누구한테서 그걸 들었을 것 같아요? 아스미 본인한테서 들었어요. 그게 얼마나 괴로운 일인지 아세요? 자신과 비교했을 때 그 남자는 엘리트잖아요. 그리고 자기는 별 볼 일 없는 밴드하는 사람이고요."

『One Tone』에 석양이 비쳐들었다.

"아카쓰키는 그때부터 아스미가 바람을 피운다는 사실을 알았어요. 그래도 자기가 먼저 헤어지자는 말은 못 했죠. 그 녀석은 아스미를 너무나도 좋아했으니까. 어떻게든 다시 한 번 아스미를 돌아보게 하고 싶었으니까."

마호 씨는 말을 이었다.

"하지만 아카쓰키는 점점 야위더니 바짝바짝 말라갔어요. 저는 남자가 아니지만 그 녀석이 얼마나 상처를 받았는지 잘 알아요. 얼마나 자존심이 뭉개졌는지 안다고요. ……저는 아카쓰키에게 이 사실을 억지로 털어놓게 했어요. 그리고 진심으로 아스미를 용서할 수 없게 됐고요. 더이상 참을 수 없어서 아카쓰키가 하도 불쌍해서 아스미에게 가서 이 분노와 슬픔을 깨닫게 해주려 했어요. 그렇지만 아카쓰키가 저를 붙들고 그러더라고요. '아스미가 선택한 일이니까 이제 됐어'라고……."

나는 울면서 화를 내는 마호 씨를 달래다가 옅게 웃는 아카쓰키의 모습을 떠올렸다.

그때 그의 눈동자는 분명 너를 잃은 날의 내 모습과 비슷했을 것이다.

"그래서 이제 깔끔하게 인연이 끊어진 줄 알았어요. ……그런데, 그런데 아스미가 또 그 녀석한테 연락을 할 줄이야. 그리고 오늘 둘은 만났겠죠."

마호 씨는 소매로 눈을 벅벅 문질렀다.

"설령 그 애가 사과해서 아카쓰키와 관계가 다시 회복된다고 해도, 그래서 아카쓰키가 행복해진다고 해도 저는 아스미를 용서할 수 없어요."

마호 씨는 아카쓰키를 좋아하는 게 분명하다.

그래서 그를 괴롭힌 존재가 그보다도 미운 것이다.

아카쓰키만큼이나 나는 마호 씨도 가엾게 여겼다.

아카리……만약 너를 괴롭히는 누군가가 있다면 나는 바로 그 사람을 죽이고 말 거야.

그렇지만 네가 그 누군가를 좋아하게 됐다면.

나는 그 사람을 죽일 수 있을까.

그렇게 하는 게 너한테 행복한 일일까.

나에게 있어 너의 행복이야말로 최고의 행복인데.

아스미라는 여자는 자신의 행복을 위해 능력 있는 남자를 골랐다.

아카쓰키는 사랑하는 사람의 미래를 생각해서 마음을 접지도 못한 채 물러났다.

마호 씨는 좋아하는 사람을 배신한 존재를 용서할 수 없다.

어떻게 하면 그들은 모두 행복해질 수 있을까.

누가 나쁘고, 누가 나쁘지 않은 것일까.

누가 옳고, 누가 옳지 않은 것일까.

마호 씨는 지금 지옥보다도 괴로운 갈등을 맛보고 있다.

그럼 지금 아카쓰키가 있는 곳은 지옥일까, 천국일까…….

마호 씨는 이후 여덟 잔이나 맥주를 마셨다. 그만 마시라고 말릴 마음은 도저히 들지 않았다. 필사적으로 눈물을 참으며 술기운을 빌리려는 그녀는 언젠가의 나와 똑같았다.

부싯돌이 연속으로 부딪히는 소리가 나더니 바 테이블 위로 뭔가가 드르르륵 굴러 내 곁으로 왔다. 그건 호박색 보옥이었다. 무려 다섯 개나 떨어져 있었다. 마호 씨가 마신 잔을 와가하이가 제멋대로 핥고 나서 보옥을 토해낸 것이다.

의도치 않게 나는 마호 씨한테 감동을 주는 술을 제공한 모양이다.

정작 그녀는 전혀 기분 좋아 보이지 않았지만…….

마호 씨가 아홉 번째 잔을 달라고 했을 때, 나는 흠칫 놀랐다.

집에서 가지고 온 종이 가방 속의 병을 꺼내자 알록달록한 보옥이 조명 빛을 받아 반짝거렸다.

"와아!"

나는 절로 펄쩍 뛰었다. 마호 씨는 깜짝 놀랐고, 나쓰메 씨는 혀를 찼다.

설마 휴업일에 보옥을 손에 넣게 될 줄은 몰랐다. 그것도 다섯 개나.

나는 너무 기뻐서 마호 씨한테 병을 보여주었다. 내 기쁨의 이유를 알아차린 그녀도 일그러진 표정을 풀고 "굉장해요!" 하고 내 손을 덥석 잡았다.

"이제 조금만 있으면 다 차겠네요, 이부키 씨!"

"네! 이제 조금 남았어요!"

"유령을 불러낼 수 있어요!"

"네, 네! 불러올 수 있어요!"

나와 마호 씨는 서로 맞잡은 손을 크게 휘두르며 환성을 내질렀다. 그러자 그때까지 조용히 있던 나쓰메 씨가 "아아, 시끄러워!" 하고 분통을 터트렸다. 그래도 우리가 떠들기를 멈추지 않자 나쓰메 씨는 결국 머리에서 분노에 찬 열기를 뿜어내며 나한테서 병을 빼앗으려고 했다.

"이리 내! 당장 그따위 것을 버려야지 원!"

"아아, 이러지 마세요, 나쓰메 씨!"

달려드는 나쓰메 씨한테서 도망치는 데 문이 벌컥 열렸다.

떠들썩한 가게 안을 보고 찾아온 에니시다가 "와아, 나쓰메 선생님이 술래잡기를 하시네!" 하고 감탄했다.

"'Closed'라고 적혀 있었지만 가게 안이 시끌시끌하고 문도 안 잠겨 있길래요."

에니시다는 한 손에 들고 있던 미스터 도넛 상자를 들어 보여주었다.

"나쓰메 선생님, 이거 선물이에요. 달콤한 과자예요."

"음." 하고 나쓰메 씨가 움직임을 멈추더니 에니시다한테서 도넛 상자를 빼앗아 킁킁 냄새를 맡았다. 설탕이 잔뜩 묻은 한 개를 떠내 "음, 음." 하는 소리를 내면서 우걱거리기 시작했다.

짜증은 이제 가라앉은 모양이다. 나는 에니시다에게 감사의 뜻을 표했다.

그리고 우리 네 명과 한 마리는 밤이 깊어질 때까지 함께 시간을 보냈다. 에니시다는 나쓰메 씨에게 소설적 기법에 대한 질문을 계속 던졌고, 나쓰메 씨는 그걸 완벽히 무시하며 도넛만 잔뜩 입에 넣었다. 마호 씨는 줄기차게 맥주를 달라고 했고, 나는 그저 주문하는 대로 술을 준비하였으며 와가하이는 온기를 유지하려는지 몸을 웅크리고 있었다.

밤 12시 되기 15분 전.

마호 씨가 풀썩 엎드리더니 쿨쿨거리는 숨소리를 내며 잠들었다. 그녀는 결국 술에 취한 티를 조금도 내지 않은 채 그대로 무너졌다. 또렷한 마음과 술에 취한 몸이 상반되어 한계를 맞이한 듯했다.

에니시다는 쓸데없는 질문만 이어가다가 결국 나쓰메 씨한테 "시끄러워!" 하는 타박과 함께 뺨을 얻어맞고 구석에서 훌쩍거렸다.

나는 마호 씨의 어깨에 모포를 덮어주고 나서 조용히 자리만 지켰다.

11시 55분, 문이 열리며 문에 달아둔 종이 울렸다.

차가운 바람과 함께 들어온 이는……아카쓰키였다.

나는 크게 숨을 토해냈다.

남몰래 그가 오지 않을까 확신하고 있었다.

"어서 와."

아카쓰키는 에니시다와 잠든 마호 씨를 흘끔 쳐다봤다. 그리고 무표정으로, 살짝……아주 살짝 한숨을 내쉬었다. 그걸 알아차린 건 이 공간에서 오직 나뿐이었을 것이다.

나는 잔에 맥주를 따르면서 "어땠어?" 하고 밝게 물었다.

아카쓰키는 그저 "셔츠를 가지러 온 것뿐이에요. 빨고 싶어서요."라고 대답했다.

나는 어째서인지……어째서인지 그게 거짓말임을 알았다.

어떤 특별한 이유가 있어서는 아니었다.

그의 눈동자 속이 얼어붙은 금강석 같아서 순간적으로 그렇게 느꼈다.

무슨 일이 있었던 거야?

그렇게 말을 꺼내면 좋았을 텐데.

나는 바보다.

겁만 많은 나보다 빠르게.

"한 잔 정도는 같이 마시지 그래?"

하고 울음을 그친 에니시다가 명랑하게 권했다.

아카쓰키는 그 말을 무시하고 성큼성큼 가게 뒤편으로 걸음을 옮겼다.

벽걸이 시계가 울리며 12시를 가리켰다.

셔츠를 어깨에 걸친 아카쓰키가 되돌아와서 그대로 가게를 나서려 했다.

그는 순간적으로 잠든 마호 씨의 얼굴을 봤다.

그리고 잠깐 눈을 가늘게 뜨더니,

"그럼 이만 가보겠습니다."

라고 인사한 후, 가게를 나갔다.

"쟤 왜 저래?"

우리도 집에 돌아가기 10분 전이었다. 아카쓰키의 뒷모습을 바라보면서 에니시다가 불만스럽게 말했다.

"잠깐 좀 있으면 어때서."

공기는 묵직한 빛을 머금고, 그 안쪽에 냉기를 품고 있다. 계절이 변하는 경계선은 토해내는 숨결이 희게 스며드는 모습으로 명확히 알 수 있다. 추위가 한층 더해진 푸른 하늘에는 아직 어린 눈의 결정이 반짝반짝 빛난다. 석양이 만들어내는 기다란 그림자의 윤곽은 매일의 쓸쓸함을 도려내어 만든 것 같았다.

완전히 깊어진 가을바람이 나뭇잎을 흐트러트리고 거리가 겨울 준비를 시작할 무렵.

아카쓰키는 간다강에 몸을 던졌다.

제5장

『이부키 씨에게

저에게는 이제 아무것도 없습니다. 슬퍼요. 그냥 슬프기만 합니다.

4년 전, 저에게는 연인이 있었습니다. 그러나 그 연인은 제가 모르는 곳에서 새로운 남자를 만나고 있었죠. 탄탄한 집안에서 자라고, 명문대를 졸업해서 대단한 기업에 취직한, 저보다 한 살 많은 남자. 저는 그에 대해서 다 알지만, 그는 제 존재도 모르죠.

그래도 괜찮다고 저는 그녀에게 제 마음을 전했습니다. 좋아한다고. 그녀는 저에게 키스했습니다. 그녀가 먼저요. 어느 여름날 오후였습니다. 그녀도 좋아한다고 대답했죠.

"네 마음 잘 알겠어. 그 사람과 헤어질게. 이제 안 만날게."

이 이상의 행복은 없다고 생각했습니다. 저도 모르게 정말 너무 행복하다고 중얼거리자, 그녀도 밝게 "나도."라며 웃어 주었습니다.

앞으로 이런 날이 계속 이어질 것이다, 평생 그녀와 함께 살아갈 것이다, 그런 생각에 첫사랑도 아닌데 마치 저는 소년처럼 그녀에게 푹 빠졌습니다.

그런데 어느 날, 저는 우연히 그녀가 모르는 남자와 함께 길을 걷는 것을 보았습니다. 그걸 따져 물으니, 그녀는 솔직히 아직 그 잘난 남자와 연을 못 끊었다고 고백했죠.

그녀는 저에게 거짓말을 했던 겁니다. 이제 헤어졌다고 거짓말을 했어요.

인연은 끊어지지 않았습니다. 아무것도 끊어진 게 없었어요.

왜 거짓말을 했느냐고 저는 그녀에게 물었습니다.

"미안해." 하고 그녀는 사과했죠.

그 사람을 좋아해?

"아니."

그럼 내가 좋아?

"응."

그럼 대체 왜?

"……."

…….

"너와 같이 있는 게 더 즐거워. 웃을 수 있으니까. 하지만."

하지만?

"그는 좋은 집안에서 자랐고, 명문대 출신에 대기업에 다니고 있으니까."

…….

"그 사람 아버지가 관료야. 어머니는 구의회 의원이고."

…….

"우리 아빠가 그 사람을 굉장히 마음에 들어 하셔. 가정 환경도, 집안도 좋으니까."

…….

"……난 널 좋아해. 정말 좋아해. 하지만 넌 뮤지션이 되려고 하잖아. 수입도 불안정한 뮤지션이."

아아…….

"그는 안정적인 보험사 직원이야."

그리고 그녀는 저를 올려다보며 이렇게 말했어요.

"……그뿐이야."

저는 베이스 기타를 칠 줄 압니다. 작곡도 할 줄 알아요. 노래도 제법 합니다. 그녀가 원한다면 부끄러움을 모두 버리고 사랑이 뚝뚝 떨어지는 노래도 부를 수 있습니다. 그렇지만 그녀는 제 노래를 들어주지 않습니다. 음악에 관심이 없었던 거죠.

저는 그 누구보다도 따듯하게 그녀의 머리를 쓰다듬을 수 있습니다. 이 손가락으로 산들바람처럼 머리를 쓸어줄 수 있어요. 어깨까지 내려오는 검은 머리를 머리카락 하나 상처 입히지 않고 세상에서 제일 섬세하게.

그게 대체 무슨 소용이 있을까요.

그 남자가 최고급 빗을 사서 그녀에게 주면 어떻게 될까요. 비싸디비싼 빗으로 그 머리를 쓸어주면 어떻게 될까요.

저는 그녀의 어깨를 잘 주무를 수 있습니다. 힘들고 지친 그녀를 위로할 수 있어요. "참 잘한다."라고 그녀가 웃습니다. 그만큼 잘해요. 언제나 적절한 힘 조절로 어깨를 주물러 줄 수 있습니다. 그런데 그 남자가 마사지 숍에 가라면서 돈다발을 준다면요? 블랙카드로 안마 의자라도 사주면요? 참 우습죠?

도저히 이길 수 없습니다.

저는 다정합니다. 그녀가 약속 시각에 늦게 와도, 유리잔을 깨도, 약속을 제멋대로 어겨도 화낸 적이 없습니다. 그녀도 "넌 참 다정한 것 같아."라고 말했습니다. 기쁜 듯이 말했죠. 그것만으로도 족합니다. 그러면 대번에 분노도 어딘가로 사라져버려요.

참 우스워요.

'다정하다'라는 것만으로 그녀를 행복하게 해줄 수 있을까요?

이제 특별히 쓸 것도 없네요.

이게 전부입니다.

저한테 있는 것은 이게 다입니다.

슬픕니다. 저한테는 아무것도 없습니다. 아무것도 없어요.

집안 때문일까요? 아닙니다. 부모님은 멋지십니다. 제 부모님은 훌륭하세요. 물론 집안이 부유하지는 않지만, 불편한 것도 없었습니다. 저한테 크나큰 애정을 주셨고 지금도 저를 걱정해 문자도, 전화도 하세요. 저는 존경합니다. 부모님을 좋아합니다.

그렇지만 집안.

그의 집안.

저의 집안.

출생부터 벌써 패배했습니다.

차라리 환경 탓으로 돌리고 싶습니다. 뭐든 좋으니 누군가의 탓을 하고 싶어요. 아버지가 정부 관료가 아니니까, 어머니가 구의회 의원이 아니니까 태어날 때부터 그녀와 맺어질 운명이 아니었던 걸까요?

너무나도 사랑하는 사람을 어디의 누구인지도 모르는 인간한테 빼앗길 숙명일까요?

이부키 씨, 저 어두운 바다 밑에 가라앉아 있는 당신은 행복한 겁니다.

저는 그녀를 만날 때마다 '좋아해'라는 말을 들어왔기 때문에 제대로 깊이 가라앉을 수도 없습니다. 마음을 닫고 그녀를 잊으려 해도 자꾸 물 위로 떠오르기만 해요. 그렇게 이제 됐다, 그만하자고 생각해도 또 만나고 말죠. 같이 얼굴을 보며 웃어요.

그녀의 웃는 얼굴에 구원을 받고 맙니다.

그건 마치 마약과도 같아요. 이제 그것 없이는 살 수 없습니다. 사랑은 마약이라는 한심하고 진부하면서 부끄러운 생각을 합니다. 이 편지를 적으면서도 부끄러워서 참을 수가 없어요. 이 모든 것을 제 안에서 소화해서 간신히 뱉어낸 껍데기는 '좋아한다'라는 말입니다. 그러면 그녀는 정말로, 아주 기쁘게 "와아, 너무 기뻐." 하고 말합니다.

그 얼굴을 볼 때마다 이 사람의 모든 것을 소중히 여기고 싶다는 생각을 했습니다.

스스로 봐도 무서울 정도로요.

그래서 에니시다가 문학상을 타서 밴드가 해산됐을 때 저는 오히려 기뻤습니다. 살았다는 생각을 했죠. 참 너무하죠? 그렇게 저는 바로 일자리를 알아봤습니다. 안정된 직업을 가짐으로써 그녀를 행복하게 해줄 수 있을 줄 알았으니까요.

다만 저에게는 악기 이외에 다른 재능이 전혀 없었습니다.

학력도 별로고, 자격증도 없어요. 스무 해 넘게 저는 대체 뭘 하고 살았던 걸까요. 당연하게 일자리는 구할 수 없었습니다. 그 남자를 이길 수 있는 급여 높은 일이 없었어요. 저는 꿈을 원망했습니다. 평범하게, 제대로 살았더라면 이런 일이 없었을 텐데. 그녀를 빼앗기지 않았을 텐데. 꿈 따위 꾸지 말걸, 하고 지금도 그런 생각을 합니다.

그녀의 행복이 제 행복이에요.

그럼 모든 면에서 패배자고 아무것도 없는 저는 어떻게 그녀를 행복하게 해줄 수 있을까요.

어떻게 하면 저도 행복해질 수 있을까요.

제가 물러서는 것밖에 방법이 없었습니다.

그녀와 그가 함께하는 것만이 저와 그녀의 행복으로 이어지니까요.

저는 마음을 죽이고, 그녀에게 "이제 만나지 말자."라고 말했습니다.

그러자 그녀가 이렇게 말했어요.

"난 정말 저질이야. 널 진심으로 좋아하는데 이렇게 상처나 주고. 그 사람을 만날 때마다 난 너에 대해 죄책감만 느껴. 힘들어. 너무 괴로워서 견딜 수가 없어. ——하지만 역시 난 너를 선택할 수가 없어. 우리 엄마가 그랬어. '한때의 감정에 휩쓸리면 안 돼'라고. 우리 부모님은 그렇게 날 키우셨어. 그러니까……난 널 선택할 수 없어. 난 최악이야. 내 행복과 안정된 삶만 생각하니까. 미안해. 정말 미안해.

그러니까 네 말처럼 이제 만나지 말자.
서로 힘들기만 하잖아.

하지만
나 사실은 널 정말 좋아해."

마지막의 마지막까지 그 한마디. 왜 그런 말을 하는 건데?
그래서 전 안 되는 겁니다. 도저히 벗어나질 못합니다. 그녀를 좋아하고, 좋아해서 견딜 수가 없어요. 왜 그런 말을 하는 건데?
으으으으.
살려줘!
누가 나 좀 살려줘!

결국 헤어지지 못하고 저와 그녀는 같이 있었습니다. 그러는 사이, 크리스마스가 다가왔어요. 저와 그녀는 그날 둘이서 시간을 보내자고 새끼손가락까지 걸면서 약속했습니다.

저는 그녀를 깜짝 놀라게 할 셈으로 열심히 돈을 모아 멋진 레스토랑을 예약했습니다. 그녀가 기뻐하는 얼굴을 보는 게 너무나도 기대됐죠.

크리스마스 3일 전, 그녀에게서 전화가 왔습니다.

『……미안해.』

그녀는 곧바로 그 말부터 했습니다.

왜 그러냐고 묻자,

『……그 사람이 크리스마스에 자기한테 오라고 해서.』

저는 귀를 의심했습니다.

그래서?

『……가야 해.』

새끼손가락까지 걸고 약속했잖아.

『……미안해.』

약속을 깨는 거야?

『……응.』

……왜?

……그럼 그 전날, 이브에는 만날 수 있어?

『……못 만나.』

……왜?

『……내일 그 사람한테 가려고. 그 사람 집에서 이틀 정도 지낼 거야.』

그때만큼은 저도 모르게 싫다고 한심한 반대를 하고 말았어요.

『……미안해.』

……그래. 차라리 감기에 걸렸다고 해. 그래서 집에서 쉬겠다고 하면 되잖아.

아아, 한심하기도 하지. 지금 생각해 보니 참 우습네요.

『……그렇게 말하면 그 사람이 집으로 문병 올 거야.』

문병……?

『……이제 우리 가족하고 인사까지 다 마친 상태여서……. 아마 다들 환영할 거야…….』

나는 그녀의 가족에게 말할 수도 없는 존재였던 겁니다.

싫다고, 싫다고 저는 계속 말했습니다.

미안하다고, 미안하다고 그녀는 연신 사과했어요.

그리고 저는 결국 어리석은 말까지 하고 말았습니다.

그럼 그 남자한테 다 말할 거야.

우리 일에 대해서 전부, 모든 걸 말할 거라고.

왜 저만 이렇게 괴로워야 하죠? 그 남자는 지금도 저 먼 도시에서 그녀와의 사진이라도 바라보며 아무런 걱정도, 불안도 없이 지내겠죠.

도저히 용서할 수 없었습니다.

그러자 곧 수화기에서 아무런 소리도 들리지 않았습니다.

잠시 후, 울음소리가 들려왔죠.

그녀는 울고 있었습니다.

『……알리지 말아 줘.』

이렇게나.

이렇게나, 이렇게나 괴롭다니.

『……말하지 말아 줘.』

……왜 우는 거야?

『…….』

……말하면 안 되는 거야?

『……안 돼.』

……말하면 어떻게 할 건데?

『……죽을 거야…….』

저는 크리스마스를 버텨 내기 위해 레스토랑에 가려고 준비한 돈을 전부 써서 술을 잔뜩 샀습니다. 실컷 취해서 잠만 자기 위해서였죠.

지금 다시 떠올려도 우습지만, 당시에 저는 그날 말고도 24시간 내내 가슴이 쿵쿵 뛰고 불안해서 혈뇨가 나올 정도로 괴로웠습니다. 위에 구멍이 몇 개나 뚫리고 식사도 잘 못 해서 바짝 마르고 뺨은 움푹 들어간 데다 눈동자에는 빛이 없었죠. 조금이라도 괴로움을 떨쳐내기 위해서 술로 도망쳤고 술에 취하지 않으면 잠들 수 없는 몸이 되었을 정도였습니다.

두 번 다시 만나지 않겠다는 결심에 이르기까지의 나날은 그야말로 지옥이었어요.

그렇게 피를 토하는 심정으로 잊으려 했지만, 그녀를 떠올리지 않은 날은 단 하루도 없었습니다.

이부키 씨한테만 말할게요.

저는 항상 마음 어딘가에서 그녀는 언제까지나 저를 좋아할 줄 알았습니다. 그 남자를 선택한 건 그 지위와 태생, 좋은 직장에 이끌렸을 뿐이지 진정한 인연은 나하고만 맺어져 있다, 마음은 언제나 함께 있다고 생각했어요.

그래서 저는 확신하고 말았습니다.

언젠가 반드시 그녀는 제 곁으로 돌아올 것이라고.

오직 그녀를 믿고 기다리면 될 뿐이라고.

그래서 그녀한테 연락이 왔을 때는 심장이 터질 것처럼 기뻤어요.

이부키 씨도 아시겠지만, 그저께 그녀와 만났습니다. 와세다역 근처 카페에서 저녁 8시에 만나기로 약속을 했죠.

오래간만에 본 그녀는 역시 아름다웠어요. 빛을 두르고 있는 듯했죠. 여전히 제가 사랑하던 그녀였습니다.

둘이 자리에 앉아 아무거나 주문을 했습니다.

줄곧 침묵을 지키고 있는 저에게 그녀는 갑자기 말을 꺼냈습니다.

"내일모레, 너도 아는 그 사람이랑 결혼해."

온몸이 마비되고 핏기가 싹 가시는 기분이었습니다.

그녀는 당장이라도 눈물을 쏟을 것 같았어요. 그리고 "미안해."라고 말했죠.

"이 소식만큼은 꼭 너한테 전하고 싶었어. 마호한테 들었거든. 지금도 네가 날 잊지 못한다고. 난 널 놔주고 싶어. 이제 널 편하게 해주고 싶어. 제발 날 잊어줘. 이제 더는 나를 마음에 두지 않으면 좋겠어. 그러니까."

전 제가 뭐라고 대답했는지 기억이 나지 않습니다.

그저 눈앞이 새하얘지고, 몸속 저 깊은 곳에서 찌릿한 것이 솟구치는 것 같아 움직일 수가 없었으니까요.

게다가 그녀는 "부탁이 있어."라고 말했어요.

"지금 여기서 네 휴대전화에 저장된 내 연락처와 나와 지내면서 찍었던 사진을 모두 지워줘. 나와의 추억을 깨끗이 없애줘."

저는 도저히 구제할 길이 없을 정도로 속 좁고 비겁한 사람입니다. 그 말을 듣고, 저는 처음에 '다른 남자랑 바람까지 피우고 결혼할 상대로는 자신을 선택했다는 것을 들키기 싫은 거구나' 하는 생각을 했어요.

따지고 보면 그 남자는 저와 그녀 사이에 끼어든 방해꾼일 뿐입니다. 그녀는 당시 한동안 양다리를 걸쳤죠. 만약 제가 머리끝까지 화가 나서 저와 그녀의 추억이 담긴 사진을 그에게 보낸다면 어떨까요. '당신과 사귀는 그 여자, 바람피웠다는 거 알아?'라는 글을 적어 편지를 보내면? 그 사실이 관료라는 시아버지, 구의회 의원이라는 시어머니한테 알려진다면?

끝낼 때는 확실히 끝내서 조금이라도 파혼당할 가능성을 없애고 싶었던 거구나?

저는 무심코 그녀에게 그렇게 말했습니다.

그리고 곧 스스로를 원망했죠.

그녀는 저를 위해서 그렇게 해달라고 말한 것뿐인데.

어쩌면 이렇게 마음이 꼬였는지.

난 왜 이렇게 한심한 남자일까.

그녀의 눈동자에 눈물이 그렁그렁 고였습니다. 저는 그녀의 배려를 짓밟았어요. 당장 사과했죠. 그리고 휴대전화를 꺼내서 그녀의 눈앞에서 연락처를 지웠습니다. 그리고 곧바로 앨범 폴더를 열었죠.

거기에는 외로운 밤, 이불 속에서 몇 번이나 몇 번이나 넘겨봤던 그녀와의 행복했던 시간이 가득 담겨 있었습니다.

동물원에서 다람쥐와 즐겁게 놀며 웃는 그녀의 사진. 메이지 신궁 앞에서 제가 그녀의 어깨를 안고 있는 사진. 그녀가 만든 맛있는 햄버그스테이크 사진. 얼룩 고양이를 안고 기뻐하는 그녀의 사진. 에노시마 바닷가 해안 암석에서 석양 앞에 선 우리 둘의 사진. 오우메에 있는 골목길을 걷는 그녀의 뒷모습 사진. 흰 찹쌀떡을 잔뜩 입에 넣은 그녀의 사진…….

제가 선물한 생일 케이크를 들고 손가락으로 브이를 그리는 그녀의 사진.

그래요, 저는 그녀의 22번째 생일에 책과 CD를 좀 팔아서 마련한 돈으로 아주 멋진 초콜릿 케이크를 줬거든요. 이름과 함께 생일 축하한다는 메시지까지 적었죠. 그녀는 기쁘게 웃으며 저한테 꼭 안겼어요. 그 기억은 아직도 생생합니다.

『이렇게 축하해 줘서 고마워. 앞으로도 우리 둘이서 즐거운 추억을 많이 만들자. 네가 옆에 있는 게 얼마나 행복한지 몰라. 앞으로도 잘 부탁해.』

그녀는 저에게 그렇게 말했는데.

눈물이 다 났습니다.

"부탁이야."

그녀는 재촉이라도 하듯 말했습니다.

저는 떨리는 손으로 모든 사진을 선택했습니다. '아아, 이제 정말로 끝이구나.' 하는 생각이 들었어요.

삭제 버튼을 누르는 찰나의 순간, 그녀와 처음 만났던 날을 떠올렸습니다.

그건 그녀가 처음으로 레스토랑에 출근했던 날이었죠.

'아스미라고 합니다. 잘 부탁드립니다.'

그녀는 새 유니폼 차림으로 얼굴을 발갛게 물들이며 다소 긴장한 표정으로 인사를 했어요.

나쓰메 씨의 말을 빌리자면, 아마 그때부터 저는 그녀의 색조에 물들어 있었던 걸지도 모릅니다.

삭제 중이라는 문자가 사라지면서 모든 사진이 사라졌습니다.

그 이후의 일은 잘 기억도 나지 않아요.

이러는 중에도 그는 일류 기업에서 돈을 벌겠죠.

그녀와의 결혼 자금을, 생활비를 벌고 있을 거예요.

그러면 저는요?

이렇게 백지에 글자를 가득 써넣으며, 스스로 자기 상처나 핥고 있을 뿐.

참 허무합니다.

문득 생각이 엉뚱한 곳으로 향했습니다.

아아, 어른 따위는 되고 싶지 않았어.

계속 어린아이였으면 좋았을걸.

앞날을 걱정하지 않는 사랑을 하고 싶었어.

조금의 괴로움도 없는 사랑을 하고 싶었어.

좀 더 일찍 그녀를 만났더라면.

태어났을 때부터 서로 이웃집에 살았더라면.

소꿉친구였다면. 가족끼리 서로 잘 아는 사이였다면. 그녀가 집안을 따지지 않는 부모님 밑에서 자랐더라면. "한때의 감정에 휩쓸리면 안 돼."라는 말을 하지 않는 어머니에게서 태어났다면.

앞으로 그녀가 살아가는 시간의 틈새에 저는 끼어들 수 있을까요?

답은 다 알아요.

아아, 너무 괴롭습니다. 괴롭다고 적으면 뭐가 어떻게 되는 것도 아닌데. 아무도 읽고 싶지도 않고, 알고 싶지도 않을 내 마음 따위. 한심해. 이제 작작 좀 하라고.

하지만 이렇게 적지 않을 수가 없습니다. 괴로워요. 괴로워요. 너무 힘들어요. 죄송합니다, 죄송합니다, 죄송합니다, 이부키 씨. 죄송합니다, 죄송합니다.

그냥.

그냥 말이죠, 이부키 씨.

전 당신이 부러워요.

눈물이 날 정도로 부럽습니다.

당신이 사랑하는 사람은 이제 이 세상에 없잖아요.

당신은 사랑하는 사람을 다른 남자에게 빼앗기는, 그런 죽음보다 더 괴로운 경험은 할 일이 없을 테니까요.

사랑하는 사람이 사랑했던 그 순간 그대로 영원히 있다니.

이렇게 괴로울 거면 차라리 사랑하는 사람 따위는 이 세상에 없는 게 나아요.

저는 절대로 다정한 마음을 가질 수는 없을 것 같아요.

저는 제 곁을 떠난 사랑하는 이의 행복을 진심으로 바라지 않으니까.

· 🍸 ·

마지막으로 당신을 보고 싶었습니다.

왜 그랬을까요?

죽은 아내를 생각하며 조용히 유리잔을 닦는 당신의 옆얼굴을 저는 그저 가만히 지켜보고 싶었어요.

손님들이 많이 계셔서 그럴 수 없었지만요. 그래서 이렇게 이부키 씨한테만 유서를 남기게 됐어요.

네, 그래도 당신에게는 보옥이 있잖아요.

만약 저를 불러들이는 날이 온다면 혼내지 마세요.

불러들인 게 사모님이 아니어서가 아니라, 제가 앞으로 취할 행동 때문에 화를 내지 말라는 뜻이에요.

이제까지 정말 감사했습니다.

당신은 제가 제일 좋아하는 스승이자, 제가 제일 싫어하는 저 자신이기도 합니다.

웃으며 용서해 주세요.

저는 살아 있는 한, 그녀의 색조를 지워낼 수 없어요.

아카쓰키』

11월 6일, 오후 11시 반.

아카쓰키는 『One Tone』 근처에 있는 오타키 다리에서 투신자살했다.

다행히도 떨어지는 소리를 들은 근처 주민이 달려와 아카쓰키는 목숨을 건졌다. 그러나 추락하면서 머리를 부딪쳐 지금도 의식 불명인 채 메지로 병원에 입원 중이다. 의사의 말에 의하면, 한 달 이상 이 상태가 이어지면 위험하다고 한다.

늙은 그의 부모님은 안타까운 모습을 한 그 앞에서 눈물을 흘렸다.

아카쓰키는 부모님에게 유서를 남기지 않았다.

그저 나한테 보내는 편지 한 통이 가게 우편함에 들어 있을 뿐이었다.

12월에 접어든 거리는 겨울답게 어쩐지 새하얗다.

나는 오늘도 혼자 개점 준비를 한다. 보옥은 하루에 한두 개의 속도로 모으고 있다. 다 채워질 때까지 이제 두세 개 정도 남았다. 이제 조금이다. 조금만 더 있으면 돼, 아카리.

가게 앞 청소를 마친 내가 얼어붙은 손에 입김을 불고 있는데, 가게 뒤편에서 “안녕하세요.”라고 인사하는 마호 씨의 목소리가 들렸다.

“오늘 분의 얼음이에요. 여기 두겠습니다.”

나는 가게 뒤편으로 갔다.

마호 씨는 수건으로 이마에 맺힌 땀을 닦는 중이었다. 어깨에는 뭔가로 가득 채운 큼지막한 가방을 메고 있었다.

“감사합니다. 오늘도 병원에 가려고요?”

마호 씨는 고개를 끄덕였다.

“그 바보가 좋아하는 CD를 쓰타야 서점* 전부 돌면서 싹 쓸어왔어요. 소리 크게 틀어서 눈을 번쩍 뜨게 할 거예요.”

“혼날 텐데.”

“괜찮아요.”

마호 씨는 기운차게 웃으며 “그럼 이만 가볼게요.”라고 말했다. 꿋꿋하게 행동하고는 있지만 울어서 잔뜩 부은 눈과 다크서클은 숨길 수가 없었다.

나는 그녀의 뒷모습이 보이지 않을 때까지 지켜봤다.

* 일본의 유명 서점으로 책만 파는 것이 아닌 음반이나 DVD도 빌려주고 판매하는 매장이다.

와가하이가 찾아온 건 오후 9시경이었다. 나는 보옥을 모으기 위해 억지로라도 기운을 내서 술을 만들어 손님에게 대접했다. 그 덕분인지 와가하이는 세 개의 보옥을 토해냈다.

그건 병을 가득 채우기 충분한 숫자였다.

그러나 나는 서둘러 유령을 부를 마음이 들지 않았다. 어떤 한 줄기 광명이 머릿속으로 비쳐들었기 때문이다.

이제 몇 주 후면 크리스마스다.

내 39번째 생일이자, 네가 이 세상에서 사라진 날.

그날, 병을 가게 앞에 둘 것이다.

스즈메 씨가 그랬다. "너무 현세에 오래 있으면 신께 혼이 날 테니까."라고.

천상에 사는 사람이 그렇게 말했으니 분명하다.

신은 분명 존재한다.

어쩌면……. 어쩌면, 내 생일에, 네 기일에 병을 놔두면……신이 나에게 선물을 줄지도 모른다. 너라는 선물을. 나를 가엾게 여기고.

하, 하, 하. 참 바보 같지, 아카쓰키?

하지만 나는 아무리 터무니없더라도, 제아무리 한심하더라도 옅은 기대를 품지 않을 수 없어.

"바텐더, 그 과묵한 청년 상태는 어떠한가?"

그날 영업이 끝난 후 뒷정리를 하고 있던 나에게 갑자기 나쓰메 씨가 물었다.

"의식은 돌아왔는가?"

"아니요." 나는 손을 멈췄다. "아직 그런 연락은 안 왔습니다."

"그런가."

나쓰메 씨는 읽고 있던 만화책을 덮었다. 가게 안에는 그와 나밖에 없다.

"무슨 일이 있었는지 모르고 깊이 사정을 캐물을 생각도 없지만, 바텐더 자네도 일단 기운을 내게. 자네가 그렇게 풀 죽어 있으면 단맛도 시큼해질 테니까."

나는 작게 웃었다.

"다정하시네요."

"나는 원래 마음씨가 다정하네. 다만 분노의 끓는점이 낮을 뿐이지."

나쓰메 씨는 수염을 쓰다듬고 나서 웃었다.

나는 컵 두 개에 벌꿀에 절인 레몬과 따뜻한 물을 넣었다. 그의 곁으로 가지고 가서 나도 맞은편에 앉아 잠시 한숨 돌렸다. 달콤한 벌꿀 맛이 지친 몸에 스며들었다. 나쓰메 씨도 그걸 마시며 만족스럽게 "흐음." 하고 신음했다.

"이런 것도 만들 줄 아는가."

"음료라면 어느 정도는요."

"좋은 솜씨야. 언제까지고 맛보면 좋겠어."

나쓰메 씨는 컵을 내려놓으며 아득한 눈빛을 보였다.

"하지만 이제 곧 『야구짱! 도카벤』도 다 읽어가네. 나도 이제 천상으로 돌아가야겠지."

"그렇군요……."

"너무 현세에 오래 있으면 신이 잔소리하거든."

역시 신은 존재한다. 나는 그렇게 확신하며 크리스마스에 대한 기대에 부풀었다.

"나쓰메 씨가 없으면 쓸쓸해질 것 같아요."

어째서인지 본심이 나왔다.

순간 전기라도 맞은 것처럼 정신이 번쩍 들었다.

"설마."

"왜 그러나."

"설마 와가하이도……그 고양이도 데리고 가시는 건 아니죠?"

너를 만날 수 있는 유일한 수단인 보옥을 토해내는 와가하이가 어디로 가버린다면 큰일이다. 그러나 나쓰메 씨는 그 고양이의 아버지라고 할 수 있다. 와가하이는 그가 생명을 불어넣어 만들어낸 존재다. 자기 자식을 아끼는 마음에 같이 천상으로 데리고 갈 가능성도 없지는 않다.

"그것만큼은 부디 양보해 주세요. 그 고양이는 꼭 여기 있어야 한다고요."

나는 초조해져서 애원했다.

나쓰메 씨는 의아한 듯 미간을 좁혔다.

"왜지?"

"앞으로도 보옥이 필요하니까요……."

"아니, 그런 뜻으로 물은 게 아닐세."

"네?"

나쓰메 씨는 팔짱을 꼈다.

"왜 내가 그 고양이를 천상에 데리고 갈 거라고 생각했느냐, 이 말이야."

그 엉뚱한 질문에 나는 당황하고 말았다.

"그거야 나쓰메 씨 고양이니까요."

"이 가게 고양이가 아니고?"

"아닌데요. 여기 자주 드나들긴 하지만……으음?"

"그럼 아닌가?"

뭔가가 이상하다.

나와 나쓰메 씨 사이에 뭔가 말이 어긋나고 있다. 고양이에 대한 의식 자체가 맞물리지 않았던 것이다.

그는 나를 놀리는 것도, 혹은 무슨 노망이라도 난 것처럼도 보이지 않았다. 멍하게 입만 떡 벌리는 얼굴을 보아하니 정말로 거짓 없는 태도로 '자네, 대체 무슨 말을 하는 겐가?'라는 분위기를 풍기고 있었다.

그리고 나는 결국 핵심을 꺼냈다.

"아니, 그 고양이는 나쓰메 씨의……나쓰메 씨가 쓰신 『나는 고양이로소이다』의 주인공 고양이의 유령……망령 아닌가요?"

나쓰메 씨는 "뭐?" 하고 중얼거렸다.

"그건 또 무슨 소리인가."

"무슨 소리냐니……."

나쓰메 씨는 대수롭지 않게 답했다.

"그런 고양이, 난 모르네."

"모른다고요……?"

"몰라, 모른다고. 이 가게에 와서 처음으로 봤을 뿐이네."

"어, 어어? 아니, 그 고양이는 『나는 고양이로소이다』에 나오는……."

"자네는 내 책을 읽긴 한 건가?"

"하, 학생 때 딱 한 번……."

"하아, 참으로 한심하군."

나쓰메 씨는 한숨을 푹 쉬었다.

"내가 쓴 작품 속 고양이는 그런 검은 털을 갖고 있지 않아. 얼룩무늬 고양이라고."

정신이 아득해지는 것 같았다

"얼룩무늬 고양이요……?"

"뭘 착각한 건지 모르겠지만, 설마 내가 모르는 고양이를 천상에 데리고 갈 리가 없지 않은가. 아니, 물론 고양이는 좋아하지만, 남의 집 고양이를 데리고 갈 정도로 난 비겁하지 않네."

"그, 그럼 그 고양이, 와가하이가 토하는 보옥은……."

"보옥."

"맥주가 담긴 통에 빠져 죽었을 때 토해내는 술의 결정인데……. 『나는 고양이로소이다』의 결말에 그렇게 죽은 고양이가 토해내는 거라고 그렇게 되어 있었는데……."

"뭐라는 겐가?"

나쓰메 씨는 진심으로 짜증스럽다는 어조로 말했다.

"난 그런 결말은 쓰지도 않았네."

나는 혼란스러워서 더는 말을 잇지 못했다.

"아무래도 자네는 몇 가지를 착각하는 모양이야. 내가 쓴 『나는 고양이로소이다』 속 고양이는 '맥주' 통에 빠져서 죽은 게 아닐세. 고양이가 맥주를 잔뜩 마시고 취해서 '물'이 담긴 항아리에 빠져 죽은 게지."

나쓰메 씨는 벌꿀 레몬차를 후르릅 마셨다.

"그건 『나는 고양이로소이다』에 나오는 고양이가 아니야. 그보다 생명을 가진 생물의 유령이라면 모를까, 가공의 소설 속 등장인물이 유령으로 이 세상에 존재할 리가 없지 않은가."

"그, 그럼, 그 고양이는……와가하이의 정체는."

"간단하지. 자네는 이제까지 무엇을 가지고 나를 천상에서 온 것으로 인식했나?"

"다리가……없어서."

"그래. 그럼 답은 절로 나오겠지. 그 고양이의 발을 보면 알 수 있는 일이야."

나쓰메 씨는 컵을 내려놓고 고개를 끄덕였다.

"그건 유령도 아니고, 무슨 망령도 아닐세. 그저 살아 있는 고양이가 어떤 이유로 인해 인간의 말을 하는 것뿐인 게지."

나는 밤의 와세다 거리를 서둘러 걸어 집으로 향했다. 나쓰메 씨의 말 덕분에 봉인됐던 기억의 문이 조금씩 열리며 거기서 새어 나온 어떤 차가운 예감이 온몸을 지배하며 나를 움직이게 했다. 얼른 잠긴 문을 열고 신발을 벗어 던진 채 침실로 들어가 네 사진이 꽂힌 액자가 있는 작은 옷장 아래쪽에서 8년 전부터 한 번도 열지 않았던 서랍을 열었다.

거기에는 네가 떠난 날의 정보가 명확히 기재된 서류가 들어 있다.

너는 나와 만난 걸 다행이라고 생각해?

언젠가 와가하이는 그렇게 물었다.

묘하게 슬픈 어조였다.

손이 부들부들 떨렸다. 보고 싶지 않다. 너무 보고 싶지 않다. 그래도 꼭 봐야 한다. 식은땀이 주르륵 흘러서 오한까지 들었다. 그날 일이 뇌리를 스치자 나는 구역질이 나서 입을 막았다. 단단히 닫아두었던 기억의 문이 서서히 열린다. 견딜 수 없어 나는 눈을 꼭 감았는데 눈물이 질금 나왔다. 파일을 내던지고 싶은 충동에 사로잡혔다.

도망가면 안 돼.

필사적인 마음으로 파일을 펼쳤다.

자연히 넘치는 눈물을 닦을 생각도 하지 못한 채 서류를 살폈다.

재판소에 기록된 네 목숨을 앗아간 트럭 운전기사의 증언이 보였다.

거기에 너의 죽음의 순간이 있었다.

『피해자가 갑자기 도로에 나타났다. 핸들을 꺾을 여유도 없어서…….』

나는 털썩 주저앉았다.

네가 세상을 떠난 지 1년 반 후에 열린 형사 재판. 법원에서의 부옇기만 했던 기억이 되살아났다. 방청석의 나는 그 판결에 관심도 없었고, 누가 무슨 말을 하든 대충 흘려듣기만 했다. 하지만 그렇다. 그때 분명 중년의 운전기사가 그렇게 말했다.

『피해자는 차에 치일 뻔한 어린 고양이를 구하려 했던 것 같다…….』

어린 고양이.

기억났다.

너는 고양이를 구하려고 차도에 뛰어들었다.

·🍸·

다음 날, 나는『One Tone』을 임시 휴업했다.

오후 9시, 바 앞에 선 나는 나쓰메 씨에게 매달리다시피 애원하여 잠시 자리를 비워달라고 부탁했다. 내가 하도 머리를 숙이기에 그는 마지못해 근처에 있는 만화 카페로 갔다.

그리고 20분 후, 창문 틈새를 통해 와가하이가 가게 안으로 쏙 들어왔다. 와가하이는 가게를 빙 둘러보더니 "어어?" 하고 고개를 갸웃거렸다.

"손님이 없네."

"오늘은 가게 문을 닫았거든요."

"왜? 오늘은 정기 휴일도 아니잖아."

"오리지널 칵테일 개발에 집중하고 싶어서요."

나는 거짓말을 했다.

"흐으음, 하지만 그렇다고 해서 술 못 마시는 저주는 안 풀어줄 거야. 네가 술을 마실 수 있는 건 일할 때뿐이니까."

나는 손바닥을 들어 바로 앞 바 테이블 자리를 권했다.

"그래서 당신에게 맛을 보게 하고 싶어서요."

와가하이는 흠칫했다. 잠시 망설이는 듯했지만, 곧 "흐음~" 하고 중얼거리더니 타박타박 걸어 이쪽으로 왔다.

"알았어. 그럴게."

나쓰메 씨가 없으면 와가하이는 말한다.

나쓰메 씨 앞에서는 입을 꾹 다물고만 있던 와가하이는 『나는 고양이로소이다』의 고양이가 아닌 것을 들키지 않도록 일부러 '평범한 고양이'인 척 연기를 했던 것이다.

왜 와가하이는 나에게 정체가 탄로 나는 걸 피했을까.

왜 와가하이는 나를 속였던 걸까.

그리고 실은 오리지널 칵테일 개발은 전혀 진전이 없었다. 와가하이에게 맛을 봐 달라고 하는 것도 구실에 불과했다. 이 둘만 남은 공간에서 이유를 만들 수만 있다면 뭐든 좋았다.

"병이 꽉 차지 않았어? 밖에 안 내놓을 거야?"

내가 빙수기로 얼음을 갈고 있자 와가하이가 물었다.

"유령 안 불러도 되겠어?"

"크리스마스 날에 내놓으려고요. 제 생일이라서."

"……흐음~"

와가하이는 별 관심도 없다는 투로 앞발을 핥았다.

곧 '프로즌 스트로베리 다이키리'가 완성됐고, 나는 와가하이 앞에 그 잔을 내려놓았다. 장마 때 마호 씨한테 줬던 한 잔이다. 와가하이는 잔을 바라보며 "예쁘네."라고 말했다. 할짝 핥더니 "제법 맛있는데?"라고 칭찬했다.

할짝거리며 칵테일을 마시는 와가하이에게 나는 "검은 고양이 씨."라고 불렀다.

"왜?"

와가하이는 고개를 들었다.

나는 용기를 짜내어 물었다.

"당신, 누구예요?"

"누구냐니, 그건 또 무슨 소리야?"

와가하이는 이해가 안 간다는 듯 대꾸했다.

"난 『나는 고양이로소이다』에 나오는 고양이다만."

"왜 거짓말하세요?"

나는 말했다.

"나쓰메 씨한테서 들었어요. 당신이 『나는 고양이로소이다』에 나오는 고양이가 아니라는 걸요."

와가하이는 침묵했다.

"어쩌면 제 착각일지도 모르지만 그래도 들어주세요."

나는 와가하이를 똑바로 바라봤다.

"당신은 제 아내가 구했던 그 고양이 아닌가요?"

와가하이는 눈을 가늘게 떴다.

살짝 들여다보이는 그 눈동자에서 희미한 푸른 빛이 새어 나왔다.

"당신은 속죄하고 싶어서 제 앞에 나타난 게 아닌가요? 자기 때문에 제 아내를 죽게 했다면서. 언제까지고 아내를 못 잊는 저를 보다 못해 뭐라도 보상하고 싶은 마음에 유령을 만날 수 있는 수단을 준 거죠. 아닙니까?"

"……."

"만약 제 예상이 맞았고, 그걸 긍정하기 힘든 상황이라면 가만히 있어도 돼요. 저는 그저 알고 싶어요. 지금 당신은 아내와 대화할 수 있나요? 아니면 아내를 만날 수 있나요? 아니, 뭐든 좋으니까 제 아내에 대해 당신이 할 수 있는 일에 대해 알려주세요. 그리고 가능하다면 제 아내를……."

"아무래도 여기까지인 모양이네."

와가하이는 내 말을 끊고, 타박타박 걸음을 옮겨 창틀 위로 펄쩍 뛰었다.

"잠깐! 어디 가려고요?"

"바텐더, 잠시나마 너와 지낸 시간은 참 즐거웠어. 네가 만들어주는 술도 맛있었고."

나는 얼른 바를 나가 와가하이의 꼬리를 붙잡으려 했다.

"속죄라고? 하긴 그럴지도 모르지."

와가하이는 아주 슬프게 중얼거리더니 "바텐더, 스미레 씨를 아껴줘야 해." 하고 몸을 휙 돌려 밖으로 나가버렸다.

차가운 밤바람이 분다. 겨울의 향기가 가게 안에서 소용돌이쳤다.

나는 와가하이가 사라진 창문 앞에서 멍하니 서 있었다. 달빛이 밝은, 아주 맑은 하늘의 밤이었다.

그 후, 와가하이가 『One Tone』을 찾는 일은 한 번도 없었다.

12월도 넷째 주에 접어들면서, 이제 크리스마스까지 앞으로 하루 남은 이브 저녁, 스미레 씨가 가게를 찾았다. 12월은 편집자에게 아주 바쁜 시기인지, 최근에는 좀처럼 가게에 얼굴을 비추지 못했지만, 그녀는 애써 시간을 만들어 나를 만나러 왔다고 했다. 그녀의 말로는 에니시다의 엉덩이를 걷어찼다고 한다.

"금방 다시 돌아가야 하지만 꼭 한 잔 마시고 싶어서요. 크리스마스이브인데 이렇게 사무실에 틀어박혀 일만 해야 하다니, 전혀 로맨틱하지 않잖아요?"

스미레 씨가 말했다.

"피로가 싹 날아가는 것으로 한 잔 추천해 주세요."

아직 개점 시간 전이어서 손님은 그녀밖에 없었다. 나쓰메 씨는 만화 카페가 마음에 들었는지 오늘도 아침부터 그곳으로 갔다. 나는 잠시 고민하다가 '블루 레이디'라는 칵테일을 만들기로 했다. 블루 큐라소를 베이스로 한 투명하고 파란색이 아름다운 고귀한 칵테일이다. 달걀흰자가 잔뜩 들어가 부드러운 목 넘김과 고급스러운 맛을 즐길 수 있다.

스미레 씨는 언제나 내가 셰이크 하는 모습을 빤히 지켜본다. 처음에는 그게 부끄러웠지만, 지금은 완전히 익숙해졌다. 그녀는 완성된 '블루 레이디'를 앞에 두고 "너무 예쁘다." 라고 중얼거렸다. 한 모금 마시고 "진짜 맛있네." 하고 작게 감탄했다.

"이부키 씨는 술을 잘 만드시는 것 같아요. 왜 이 칵테일을 저한테 주시는 건데요?"

"스미레 씨는 뭐랄까 파란색 같다는 생각이 들어서요."

"파란색이요?"

"이유를 물으면 대답할 길이 없지만, 스미레 씨는 파란색이에요. 파란색 하면 이 술이고요."

"제가 파란색이라고요?"

스미레 씨는 기쁘게 미소 지었다. "이상하네요."

그렇다. 그녀는 푸르다. 푸른색이다. 너와는 다르다. 너는 옅은 분홍빛 같은 사람이었다.

와가하이가 마지막으로 남긴 말이 가슴 속을 욱신거리게 했다.

"내일……크리스마스인데 영업하세요?"

"영업해도 되고 안 해도 되고 어느 쪽이든 상관없습니다."

"저는 문 열면 좋겠는데. 단골손님들도 그렇게 생각할 거예요. 저도 일 끝내고 꼭 오고 싶고요."

"그날 저녁 12시에 유령을 부르려고요. 보옥을 다 모았거든요. 와가하이가 사라진 지금, 이제 저한테 가게 문을 열 이유가 없어요. 오늘도 그저 관성처럼 영업 준비를 했던 것뿐이라서."

낙담할 줄 알았는데 스미레 씨는 여전히 미소를 짓고 있었다.

그러더니 그녀는 갑자기 말을 꺼냈다.

"저, 이부키 씨를 좋아해요."

나는 스스로 생각해도 깜짝 놀랄 정도로 냉정하게 그 고백을 받았다.

"죄송합니다."

나는 대답했다.

"아내를 사랑하고 있어요."

스미레 씨는 웃었다.

"알아요."

스미레 씨를 배웅하고, 교대하듯 나쓰메 씨가 들어왔다. 가게에 들어서자마자 그는 "편집자 아가씨와 무슨 일이 있었나?"라고 물었다. "왜 그렇게 생각하시는데요?"라고 묻자 나쓰메 씨는 코트를 벗으면서 씩 웃더니 "그렇게 개운한 편집자 아가씨의 얼굴은 처음 봤으니까 말이지."라고 말했다.

"그래, 어쨌든 바텐더. 나는 내일모레 밤에 천상으로 돌아갈 것이네. 이제 만화를 다 읽고 말았으니."

"작별할 때 배웅해 드리겠습니다."

"작별이고 뭐고 간에 자네, 송별회를 성대히 열게나."

"아직 가게 영업을 할지 정하지 않았거든요."

"문 안 열면 날뛰겠네."

나쓰메 씨는 품에서 만년필을 꺼내 번쩍 들어 올리면서 휘둘렀다. 진심이 아님을 바로 알 수 있었다. 그의 눈은 가만히 보다 보면 마음이 끌리고 빨려 들어갈 것 같았다. 언제나 차분함을 유지하고 있는 것만 같은 그 눈은 누구에게나 있는 것이 아니다. 그는 틀림없이 나쓰메 소세키다. 죽어도 여전히 사랑받는 문호는 설령 붓을 쥐지 않더라도 눈동자 하나만으로도 남을 움직일 수 있는 경지에 이른 듯하다.

나는 힘없이 웃었다.

"선생님께서 그렇게 말씀하시니 어쩔 수가 없네요."

나쓰메 씨는 활짝 웃었다.

"이부키, 처음으로 날 선생이라 불렀군."

보옥을 사용하여 유령을 불러낼 수 있는 마지막 기회의 날이 다가왔다.

아침 뉴스의 일기예보에 의하면 오후부터 눈이 내린다고 한다. "전국적으로 화이트 크리스마스를 맞이할 수 있을 것으로 보입니다."라며 텔레비전 속 리포터는 잔뜩 신이 난 모습이었다.

나는 메지로 병원으로 향했다. 아카쓰키가 잠들어 있는 병원에 가니 그곳에는 이미 마호 씨가 있었다. 아무래도 하룻밤을 여기서 보낸 모양인지 그녀는 아카쓰키 옆 둥근 의자에 앉아 침대 위에 웅크려 잠들어 있었다.

"마호 씨."

내가 부르자 마호 씨는 "으음?" 하고 몸을 일으키며 침을 닦았다. 머리를 긁적이며 눈을 깜박거리더니 "여기가 어디지?"라고 중얼거렸다.

"아카쓰키의 병실이에요."

"아, 이부키 씨. 맞다, 내가 잠들었구나."

마호 씨는 부끄러운 듯 얼굴을 붉히더니 "세수 좀 하고 올게요."라며 병실을 나갔다.

나는 마호 씨가 앉아 있던 둥근 의자에 자리를 잡고 아카쓰키를 바라보았다.

머리에는 붕대를 감고, 뺨에는 큼지막한 반창고를 붙이고 있는 그의 잠든 얼굴은 아주 평온해서 어딘지 모르게 너의 마지막 모습을 연상케 했다. 그의 가슴이 조용히 오르락내리락 하는 것만이 너와 다른 점이었다.

"아카쓰키."하고 나는 그를 불렀다.

"오늘은 크리스마스야."

나는 가지고 온 가방에서 보옥이 담긴 병을 꺼냈다.

"이것 좀 봐. 대단하지? 벌써 한 병이 다 찼어. 오늘 밤, 유령을 부를 거야."

그리고 나는 와가하이가 사실은 『나는 고양이로소이다』의 주인공이 아니었다는 것, 와가하이가 사라졌다는 것, 스미레 씨한테 고백받았다는 것, 나쓰메 씨가 곧 천상에 돌아갈 것을 보고했다. 한차례 이야기를 마친 나는 숨을 토한 후, 실내를 둘러봤다.

커튼 틈새에서 겨울 햇살이 새어 들어와 공중에 둥둥 떠다니는 먼지를 반짝거리게 했다. 눈에 익은 아카쓰키의 가방이 소파 위에 있고, 꽃병 옆에는 CD가 산을 이루고 있다. 바로 근처 벽에는 '생명을 소중히'라는 글귀를 멋들어진 글씨로 적은 습자지가 붙어 있었다. 마호 씨가 쓴 것인가 보다.

"있잖아, 아카쓰키."

둘이서만 있는 사이, 한 가지 더 아카쓰키에게 전해야 할 것이 있다.

"만약 내일 아카리가 안 오면 『One Tone』을 닫으려고 해."

너의 각오는 내가 끝까지 지켜봤어, 아카쓰키.

다음은 내 차례야.

오후부터 눈이 내리기 시작했다. 제법 묵직한 눈발인 걸 보니 밤에는 눈이 가득 쌓일 것이다.

나는 나쓰메 씨와 손님들을 위해 넉넉히 과자와 케이크를 준비했다. 그리고 영업 준비를 시작했다. 나쓰메 씨는 바로 달달한 것을 먹고 싶은지 "아직도 멀었나?" 하고 중얼거리며 가게 안을 서성거렸다. 그리고 그런 모습을 보는 것도 오늘이 마지막이라고 생각하니 어쩐지 슬퍼졌다.

"조금 드시겠어요?"

나는 나쓰메 씨에게 접시에 담은 작은 인형 케이크를 권했다.

"아니, 기다리겠네. 기다리고 기다려서 배고플 때 먹는 게 더 달콤하니 말이네."

나쓰메 씨는 팔짱을 끼었다. "그거 어서 치우게! 내 눈에 들어오게 하지 말란 말이야!"

밖을 오가는 차량의 소리가 평소보다 덜 들린다. 창문을 통해 거리를 내다보니 온 세상이 새하얗게 변해 있다. 우산을 쓴 채 길을 걷는 어떤 사람은 즐거워 보였고, 또 어떤 사람은 짜증 난다는 식으로 눈을 밟고 있기도 했다.

오후 6시가 되자 기온이 확 내려갔다.

크리스마스라서 다들 약속이 있을 줄 알았는데 'Open' 팻말을 걸고 나서 10분 후에 바로 첫 손님이 찾아왔다.

문 앞에서 붉은 모자를 벗고, 코트 어깨에 쌓인 눈을 털어내는 이는 후루텐 씨다.

"아아~ 정말 춥군." 하고 후루텐 씨가 말했다.

"밖이 얼마나 추운지 죽는 줄 알았는데 덕분에 살았어. 이렇게 뼛속까지 서늘해지는 날에는 술로 배 속부터 뜨끈하게 데우는 게 제일이지."

"뱅쇼가 있습니다."라며 나는 미소를 지었다.

"오오, 그거 한 잔 주게." 하고 후루텐 씨가 흥미롭다는 얼굴로 자리에 앉았다.

후루텐 씨와 아카쓰키의 병세에 대해 이야기하고 있는데 또 다른 손님이 찾아왔다. 에니시다였다.

에니시다는 잔뜩 핼쑥해져서 자기 팔로 몸을 안으며 파들파들 떨었다.

"살이 빠져서 지방이 없어지니까 춥더라고요."라며 그는 재채기를 했다.

"아까 원고 마무리라는 큰 산을 넘은 덕분에 이제 자유의 몸이에요."

"괜찮으세요? 마치 낙엽 같아요."

"괜찮아요. 항상 원고 끝내면 이런 식이니까요. 저는 됐고 아카쓰키는 좀 어때요……? 앗, 후루텐 씨?"

"엇, 너, 에니시다잖아! 귀뚜라미의 드럼이었던!"

"네, 맞아요! 와아아, 이거 참 오래간만이네요!"

에니시다와 후루텐 씨는 손을 꽉 맞잡고 악수를 했다. 그들은 연신 재회를 축하하며 아카쓰키를 떠올리며 살짝 눈물을 훔쳤다. 그 후, 에니시다는 나쓰메 씨가 앉은 테이블 맞은편에 앉아 턱을 괸 채 그를 황홀한 눈으로 바라보았다.

"인사가 늦어 죄송합니다, 나쓰메 선생님. 소생 에니시다, 이제야 찾아뵙습니다. 이 성스러운 밤을 나쓰메 선생님과 보낼 수 있어 가문의 영광입니다."

나쓰메 씨는 수염에 묻히면서까지 계속 케이크를 먹기만 할 뿐 에니시다가 앞에 와도 별로 신경 쓰는 기색이 아니었다. "저 자유로운 영혼의 모습, 너무 멋지다." 하고 에니시다는 행복해하며 중얼거렸다.

그 후에도 계속 단골손님들이 들어왔다. 저마다 "따듯해." "천국이야."라고 중얼거리며 바 앞에 앉았다. 대부분 남자고 다들 혼자였다.

"뭐야, 다들 크리스마스인데 혼자인 모양이네."

나직이 흘러나온 에니시다의 중얼거림이 단골손님들의 고독한 상처에 울렸다. "아아, 오늘은 잔뜩 마시자고!" "마시자,

마셔!" "그래, 술이 최고지." 하고 그들은 저마다 한마디씩 떠들었다.

밤이 슬슬 깊어지면서 다들 진득하게 술에 취했다.

손님의 발길은 끊이지 않았다. '마스터, 한 잔 더 주세요, 한 잔 더요, 건배, 건배.' 9시를 알리는 벽걸이 시계의 소리는 거의 만석에 가까운 손님들의 떠들썩한 소리에 파묻혀 잘 들리지도 않을 정도였다.

"자네들, 시끄러워!"

나쓰메 씨의 짜증에 불이 붙었다.

"좀 더 조용히 못 마시나! 여긴 대폿집이 아니란 말일세!"

"뭐 어때서 그래, 아저씨." 하고 얼굴이 벌게진 후루텐 씨가 자리에서 일어나 나쓰메 씨와 어깨동무를 했다. "아저씨도 케이크만 먹지 말고 술 좀 하고 그래."

"무례하군! 뭐 하는 거야?"

"오늘 밤은 크리스마스잖아. 아저씨가 누군지는 모르겠지만 이렇게 예의 차리지 않고 즐겁게 노는 것도 나쁘지 않잖아? 자, 그리스도를 위해 건배!"

후루텐 씨는 나쓰메 씨의 입에 맥주잔을 쑥 갖다 댔다. "자자, 어서."

나쓰메 씨는 흘러들어오는 맥주에 읍읍 신음하면서 당황하여 눈동자만 굴렸다. 곧바로 삶은 문어처럼 낯이 벌겋게 달아오른 그는 "끄억." 하고 끙끙거리더니, 먹고 있던 홀 케이크에 얼굴을 푹 박았다.

"으하하하하! 술이 엄청 약하네!"라고 다들 손뼉을 치며 웃음을 터트렸다. "저렇게 술을 못 마시다니 무슨 만화에 나올 법하잖아!"

나는 오싹했다. 그 대단한 나쓰메 소세키에게 나중에 어쩌려고 저런 무례한 짓을…….

"나쓰메 선생님께 무슨 짓을!" 하고 에니시다가 후루텐 씨한테 달려들었다.

"아무리 크리스마스라고 해도 그렇지, 해도 될 일이 있고 안 될 일이 있다고요!" "신의 생일을 모두 같이 축하한 것뿐이라고!" "나쓰메 소세키는 신보다 더 대단하신 분이라고요!" "천우신조*!" "의발상전(衣鉢相伝)**!"

잔뜩 취한 두 사람은 이리저리 뒤엉켜 툭탁거리고 이를 부추기는 것처럼 "메리 크리스마스!" "즐거운 성탄절 보내세요!" 하고 손님들이 휘파람을 불어댔다.

점점 열기를 더해가는 『One Tone』에 정적을 가지고 온 건 오후 11시 너머서 찾아온 손님이었다.

"안녕하세요."

문이 열리면서 세차게 부는 찬 바람이 눈발과 함께 날아 들어와, 손님들의 수런거림이 끊겼다. 모두가 순간 주목했다.

---

* 하늘이 돕고 신령이 도움.
** 제자가 스승의 가르침이나 오의를 잇는 것.

그곳에 서 있는 이는 새빨간 기모노를 입은 스즈메 씨였다.

에니시다를 짓누르고 있던 후루텐 씨가 그를 확 밀치고 몸을 일으켰다. 눈을 휘둥그렇게 뜨고 "스, 스."라고 말을 더듬었다.

"스즈메……?"

후루텐 씨를 알아본 스즈메 씨는 생긋 웃으며 깊게 고개 숙여 인사했다.

"안녕하세요, 후루텐 씨. 오래간만이에요."

후루텐 씨는 벌떡 일어나 부들부들 몸을 떨었다. "내가." 두 눈을 슥슥 문질렀다. "내가 드디어 정신이 나간 건가?"

"오늘 밤은 크리스마스잖아요. 어떤 기적이든 일어날 수 있답니다."

스즈메 씨는 나에게 눈짓을 보냈다. "이 가게의 맛있는 술을 도저히 잊을 수가 없어서요. 예쁘게 치장하고 이렇게 이승을 찾은 거랍니다."

"아하하, 아하하." 후루텐 씨는 눈물을 뚝뚝 흘리며 코를 훌쩍거렸다. "내가 술에 취하긴 했나 보네. 이렇게 멋진 꿈을 꾸다니."

나는 웃으며 스즈메 씨에게 자리를 권했다. 그때 내가 작은 목소리로 "다시 오셨네요." 하자, 그녀는 "신께 부탁을 드렸답니다. 한 번 통한 곳은 다시 내려오기 쉽거든요."라고 웃으며 답했다.

그리고 스즈메 씨까지 가세하여 모두 함께 다시 술판을 벌였다.

나 말고 그녀가 진짜 유령임을 아무도 믿지 않은 덕분에 아무도 그녀를 두려워하지 않고 친근하게 대했다. 옷자락이 긴 기모노를 입은 것도 다리를 감추기 위해서일 것이다. 없는 다리를 감추는 것도 이상한 일이지만 말이다.

곧 스즈메 씨가 유명한 가수임이 드러나자 그녀에게 노래를 부탁하는 소리가 들려왔다. 그녀는 말로는 겸손하게 거절했지만 그리 싫지는 않은지 곧 목청을 가다듬었다.

"그렇게까지 말씀하신다면 한 곡만 여흥을."

위스키 잔을 내려놓고 스즈메 씨가 자리에서 일어났다. "오오!" "기다렸습니다!" 하는 외침이 곳곳에서 들려왔다.

"그럼 제 대표곡인 '사무라이 닛폰'을 부르겠습니다."

순간 고요해진 가게에 스즈메 씨는 낭랑하게 노래를 부르기 시작했다.

그러는 사이에 나는 살며시 가게 뒤편으로 돌아가 병을 들고 뒷문을 통해 밖으로 나갔다.

여전히 눈이 고요히 내리고 있다. 차가운 공기가 피부를 찌르자 나는 몸을 덜덜 떨었다.

이제 곧 밤 12시.

나는 가게 앞으로 갔다.

문에 붙은 유리창을 통해 흘러나온 빛이 눈을 네모나게 오려내고 있다. 손님들의 즐거운 박수 소리와 합창이 들려온다. "사람을~ 베는 것이~ 사무라이라면~♪ 사랑의~ 시련은~ 왜~ 베어내지 못하는가~♪ 자란 사카야키(月代)* 를 쓸쓸히~ 쓰다듬으며~♪ 신노 츠루치요** 가, 씁쓸히 웃는다~♪."

박수와 웃음소리가 쏟아졌다.

나는 하늘을 올려다보았다.

아카리, 이것 좀 봐.

『One Tone』이 이렇게 멋진 가게가 됐어.

언젠가 네가 반딧불을 보면서 기도했던, 즐겁고 밝은 가게가 됐다고.

그러니까 빨리 돌아와.

분명 모두가 널 환영해 줄 거야.

아아, 신이시여.

부디.

부디 아카리를 만나게 해주세요.

나는 두 손으로 가게 앞에 쌓인 눈을 쓸어 치웠다. 감각이 없어질 정도로 차갑게 식은 손을 호호 불며, 병을 꼭 끌어안고 눈을 감은 채 기도했다.

분명 네가 찾아올 것이다.

올 것이다.

나는 마지막 보옥을 가게 앞에 놓았다.

---

* 일본 남성의 전통 머리 모양으로, 이마부터 정수리까지 반달 모양으로 삭발한 상태

** 소설 『사무라이 닛폰(侍ニッポン)』의 주인공.

손님들은 끊임없이 웃으며 술을 마신다.

낭랑한 노랫소리에 나쓰메 씨가 일어났다.

에니시다가 나쓰메 씨 얼굴에 묻은 크림을 닦아주자 그 모습을 본 취객들은 더욱 크게 웃음을 터트렸다.

벽걸이 시계의 초침은 점점 앞으로 나아간다.

나는 문을 가만히 바라봤다.

긴 바늘과 짧은 바늘이 겹치며 자정이 됐다.

'대앵~' 하고 종이 울렸다.

"좋았어, 연인들의 성탄절을 버텨냈다!"

손님 한 명이 그렇게 말하며 손뼉을 쳤다.

문이 열렸다.

뺨과 코끝이 빨개진 젊은 여자가 들어와 머플러를 벗으며 말했다.

"안녕하세요."

스미레 씨는 머플러를 풀고 어깨에 묻은 눈을 털면서 미소 짓는 얼굴로 흰 숨결을 토해냈다.

"와아, 손님이 많네요."

시곗바늘이 나아간다.

1초, 2초, 3초, 4초……. 그렇게 나는 1분을 세었다. 그래도 누군가가 가게로 들어오는 기색은 없었다. 이제까지 보옥을 놔둬서 가게로 불러들인 유령들은 모두 12시에 딱 맞춰서 찾아왔다.

5분이 지나고, 10분이 지나고, 결국 15분이 지났을 때 나는 바에서 나와 가게 앞으로 뛰어나갔다.

병이 없었다.

"추워요, 마스터." 하고 손님이 말했다. "어서 문 좀 닫아줘요."

나는 주변을 둘러봤다. 없다. 아스팔트에 쌓인 눈을 손으로 쓸었다. 없다. 화단을 살폈다. 없다. 어디를 찾아도 보이지 않는다. 가게 안을 돌아보면서 스미레 씨한테 물었다.

"스미레 씨, 여기 올 때 가게 앞에서 누구 만나지 못했어요?"

케이크를 먹고 있던 스미레 씨는 "아니요."라며 고개를 가로저었다.

"아무도 못 봤어요."

"여기에 있던 병도 못 봤어요?"

"네?"

"없어요. 아무리 찾아도 안 보여요."

스미레 씨는 깜짝 놀라 자리에서 일어났다.

"오늘 밖에 내놓았어요?"

"네?"

"제가 왔을 때는 병이 없었어요. 그래서 오늘은 안 내놓는 줄 알고."

너무나도 큰 충격에 머리가 어지러웠다.

그럴 수가.

그럴 수가, 말도 안 돼.

신이시여.

"그러고 보니 12월 25일이 생일 아니었나?"

의식이 아득해지는 가운데 손님 목소리가 들렸다.

"앗, 그래? 벌써 26일이 되고 말았네."

"축하하는 걸 깜박했어."

"아니, 축하에 늦는 게 어디 있어? 자, 거기 잘라둔 케이크나 가지고 와봐. 누구 담배 있나? 그걸 초 대신으로 꽂아."

"불 여기 붙였어요."

"3, 2, 1."

생일 축하합니다.

생일 축하합니다.

사랑하는 마스터.

생일 축하합니다.

박수.

그렇구나.

이런 결말이구나.

신이시여, 잘 알겠습니다.

나는 긴 숨을 토해냈다.

뒤를 돌았다.

손님들이 싱글벙글 웃으며 나를 보고 있었다.

"축하해요, 마스터!"

나는 미소를 지었다.

"감사합니다."

그리고 눈을 서걱서걱 밟으며 가게를 나섰다.

"어어? 어디 가세요? 케이크는요?"

"잠깐 바람 좀 쐬고 오겠습니다."

"바람이라니 이렇게 추운데?"

"이부키 씨."

스미레 씨가 나를 불렀다.

"어디 가려고요?"

나는 대답하지 않고 걸음을 옮겼다.

나는 눈 내리는 가이엔히가시 거리를 따라 북쪽으로 걸었다. 신기하게 전혀 춥지 않았다. 그저 숨이 찼다. 힘들지도 않은데 숨이 턱턱 막혔다.

늙었다.

커튼 같은 흰 눈발 저 너머로 빨간색 신호등이 번졌다. 녹색이 되자 길을 건넜다. 간다강이 보이기 시작했다. 조금 따라 걸으니 오타키 다리가 나타났다.

나는 다리를 건넜다.

오른쪽에 에도가와 공원이 있다.

너와 함께 기대어 울었던 그 날을 떠올렸다.

간다강의 벚나무 가로수길을 걷는다.

너와 걸은 봄날을 떠올린다.

한 집의 정원에 개가 웅크리고 있다.

너와 나눴던 약속을 떠올린다.

오른편에 진잔소의 문이 있다.

너와 나란히 서서 본 반딧불을 떠올린다.

바람이 횡횡 불어와 눈이 나선을 그렸다.

너와 함께 보냈던 태풍 치는 날을 떠올린다.

지나가는 연인이 춥다며 서로 속삭인다.

너와 꼭 끌어안고 잤던 밤을 떠올린다.

떠올리기만 한다. 그저 너를.

"참 춥다, 그치?"

네 목소리가 들린 것 같아서 뒤를 돌아본다.

아무도 없다.

나는 웃었다.

신에도가와 공원의 중문에 이르렀다. 나는 닫힌 철책을 기어올라 고요한 정원에 들어갔다.

나 혼자밖에 없다.

자그마한 석등을 바라보며 큰 연못 앞에 놓인 벤치에 앉았다. 여기는 너와 몇 번이나 온 곳이다. 봄에는 매화를, 여름에는 붓꽃을, 가을에는 단풍을, 겨울에는 눈꽃이 핀 나무들을 보러 왔다. 너는 이 공원을 좋아해서 봄, 여름, 가을, 겨울 열심히 사진을 찍곤 했다. 잘 찍으면 나한테 보여주며 "멋지지?" 하고 자랑스러워했다.

어디를 어떻게 걸어도 너와의 추억만 굴러다니고 있다.

너와 함께 있으면 그저 평범한 나날을 보내도, 아무리 힘든 일이 있어도 즐겁기만 했다.

너와 같이 있는 일분일초를 왜 더 소중히 하지 못했을까.

너와 같이 있는 시간이 한 번밖에 없다는 걸 알았더라면 더 잘해줬을 텐데.

나는 큰 연못 앞에 섰다. 흩날리는 눈을 차례로 녹이는 물을 바라봤다.

그리고 생각했다.

아카쓰키.

너는 다리 난간에 선 그 순간 어떤 풍경을 봤어?

겨울을 앞둔 강물이 많이 차가웠을 것 같아. 너는 마음이 평온했니? 아니면 눈물을 흘리고 있었니? 괴로움으로부터 해방되는 기쁨으로 가득 찼니? 아무 생각도 하지 않고 그저 중력에 몸을 맡겼니?

잠깐이라도 그날의 그녀를 만났니?

처음 만났던 그때 둘 사이로 돌아갔니?

나는 웃으며 눈물을 닦았다.

아카리, 만나러 갈게.

큰 연못을 향해 뛰어들었다.

큰 소리가 났다. 기분 좋은 자극 속에서 눈을 감고 나는 물 속에 몸을 맡긴 채 잠겼다.

정신을 차린 나는 흰 공간 속에 있었다.

사방팔방이 그저 하얗다. 진한 안개 속에 서 있는 것 같았지만 발밑이 이상하게 둥둥 뜬 느낌이었다.

바람도, 소리도 없었다. 그저 정적에 가득 차 있을 뿐이다. 더위도, 추위도 없어서 마치 날씨 좋은 가을날 같았다.

나는 잠시 멍하게 서 있었다.

상황에는 아무런 변화도 없었고 아무 일도 일어나지 않았다.

나는 흰 공간 속을 걸으려 했다. 내가 한 걸음 옮길 때마다 푹신한 발밑에 물방울이 떨어진 수면처럼 파문이 생겼다. 그렇지만 소리는 나지 않았다.

어떤 물체가 있는 것도 아니어서 알 수는 없었지만 아마도 나는 똑바로 걸어나갔다. 그렇게 한참을 걸으니 저 멀리서 검은 점 같은 것이 흐릿하게 보였다. 더 앞으로 가보니 그 검은 점의 윤곽이 뚜렷해지더니 곧 정체를 알 수 있었다.

검은 고양이었다.

검은 고양이는 타박타박 작은 걸음으로 걷고 있었다.

다가갈수록 나는 점점 재미를 느꼈다.

왜냐하면 그 검은 고양이의 뒷모습이 와가하이의 작아진 모습 그 자체였기 때문이다.

나는 "저기!" 하고 불렀다.

와가하이는 돌아보지도 않고 걸었다.

나는 다시 한번 "저기요, 저 이부키입니다."라고 불렀다.

그러자 와가하이는 걸음을 딱 멈추더니 나를 기다리는 것처럼 이쪽을 돌아보았다.

나는 와가하이에게 다가갔다.

와가하이는 나를 올려다보며 한 번 울었다.

나는 저도 모르게 웃고 말았다.

"혹시 아기 고양이가 된 거예요?"

나는 말했다.

와가하이는 다시 한번 울더니 내 다리에 몸을 비볐다.

"이제 말 안 하는 거예요?"

나는 쪼그려 앉아 작아진 와가하이의 머리를 쓰다듬었다.

"말 안 해."

와가하이의 목소리가 아니었다.

그 그리운 목소리는 내 머리 위에서 들렸다.

나는 깜짝 놀라 고개를 들었다.

심장이 펄쩍 뛰었다.

얼른 일어섰다.

"이제 말 안 해."

아아.

아아.

"이 애의 몸을 빌려 말했던 건 나였으니까."

아아.

아아.

"속여서 미안해."

아카리.

지난날과 그 무엇 하나 변한 것이 없었다.

눈앞에 네가 있었다.

너는 수줍게 미소를 지었다.

"오래간만이야."

몸이 의식을 압도했다.

나는 너를 꼭 끌어안았다.

아, 아, 아, 아.

네 머리칼의 향기,

가녀린 어깨,

부러질 것 같은 허리,

작은 온기.

맞다.

확실하다.

아아, 아아, 아아, 아아.

아아, 아아, 아아, 아아.

아아, 아아, 아아, 아아.

드디어.

드디어 다시 만났어.

내 품속에서 너는 얼굴을 들었다.

"울지 마, 울지 마."

너는 웃으면서 내 뺨에 흐르고 있는 눈물을 손가락으로 닦아주었다. 나는 더욱 세게 널 안았다. 너는 기쁘게 눈물을 흘렸다. "미안해, 미안해." 하고 말했다.

"미안해, 미안해."

아아, 아아.

"미안해, 미안해."

아아, 아아.

이제 나는 아무 말도 할 수 없었다.

만나면 먼저 무슨 말을 할까. 계속 그 생각만 했는데 지금은 말문이 막혔다.

너는 말했다.

"갑자기 당신 곁을 떠나서 미안해. 줄곧 내 생각을 했지? 하늘 위에서 다 보고 있었어. 벌써 9년이나 지났는데 당신은 나를 여전히 잊지 못하고 있더라. 나는 그게 기쁘기도 하고 너무 슬펐어. 나 때문에 당신이 계속 괴로워하잖아. 사랑하는 당신을 내가 괴롭게 하고 있다니. 술을 마시고 몸이 망가지는 당신을 보는 게 너무나도 괴롭고 슬펐어. 나는 신께 부탁했지. 현세에 잠시 내려가게 해달라고. 그랬더니 신은 고양이를 구하다가 목숨을 잃은 내게 기회를 주셨어. 내 소원을 이루도록 그 고양이의 몸을 빌리게 해주셨지."

아아, 아아.

"술을 못 마시는 저주를 건 건 더는 당신의 몸을 망치지 않게 하고 싶었으니까. 보옥을 토한 건 당신이 나를 잊도록, 포기하도록 만들고 싶었으니까. 아무리 보옥을 모아도 나를 불러낼 수는 없어. 그러면 분명 언젠가 당신은 포기하고 나를 잊게 될 거라고 생각했지."

아아, 아아.

"하지만 당신은 다른 유령을 불러들여도 포기하지 않고 열심히 나를 불러오려고 했어. 오히려 더 당신을 힘들게만 했지. 정말 미안해. 내가 잘못했어. 그래서 오늘 신께 마지막으로 부탁을 드렸어. 부디 다시 한번, 딱 한 번만 당신을 만나게 해달라고."

아아, 아아.

"그리고 제대로 작별 인사를 하겠다고."

"시……."

그때 처음으로 간신히 목소리가 새어 나왔다.

나는 너한테서 살짝 떨어진 다음 네 얼굴을 봤다.

너는 평온하게 웃고 있었다.

"내가 작별 인사를 하지 않은 바람에 당신을 더 괴롭게만 했잖아. 그러니까 제발 남편 얼굴을 직접 보고 잘 있으라는 인사를 하고 싶다고."

"실……."

나는 마치 떼를 쓰는 아이처럼 굴었다.

"싫……."

너는 내 눈물을 닦았다.

"미안해."

"싫어, 싫어, 싫어."

"미안해."

"싫어, 싫어, 싫어, 싫어!"

너는 난처한 듯 웃었다.

그리고 잠깐 자기 등 뒤로 손을 숨기더니 어디선가 붉은 리본을 단 단풍나무 모양 포장지로 싼 상자와 한 병의 술병을 꺼냈다.

너는 내 손을 잡고 상자를 들게 했다.

"열어봐."

나는 시키는 대로 리본을 풀었다.

'Happy Birthday'라고 적힌 메시지 카드와 깨지지 않은 아름다운 칵테일글라스 한 쌍이 들어 있었다.

"내가 꼭 주고 싶었던 거야. 늦어서 미안해."

너는 그렇게 말하며 갑자기 내 뒤편을 가리켰다.

그러자 그곳에는 언젠가 나란히 앉아 눈물을 흘렸던 에도가와 공원과 똑같은 벤치가 있었다.

"앉자."

네가 그렇게 말하며 내 손을 잡아끌어 벤치로 이끌었다. 언젠가 그때와 똑같이 나란히 앉자 너는 술병의 코르크 마개를 '퐁!' 하고 뽑더니 두 잔의 글라스에 따랐다.

달빛을 녹여 만든 것처럼 하얀 술이었다.

나는 그게 뭔지 마시지 않아도 알았다.

김렛이다.

너는 잔 하나를 나한테 들렸다.

너는 자신의 잔을 들고 미소를 지었다.

쨍하고 내 잔에 자기 것을 부딪쳤다. 너는 술잔에 입을 대더니 살짝 마셨다.

"당신도."

나도 잔에 입을 대었다.

취기로 인한 고통이 찾아오지 않았다.

"이제 저주는 풀렸어."

네가 말했다.

"여보, 사랑한다는 의미가 뭐라고 생각해? 나는 고양이가 되어서 당신을 보고 크게 깨달았어. 죽고 나서 이해할 수 없었던 걸 알게 됐지. 그건 바로 나와 당신이 만난 의미와 이어진다는 거야."

너는 잔 안에 담긴 흰색의 술을 바라보았다.

"우리는 웃으며 작별 인사를 하기 위해 만났어. 그게 진정으로 멋진 사랑의 끝이지. 나와 당신이 살았던 의미야."

아무 말도 나오지 않았다.

너는 내 얼굴을 보고 웃었다.

"마지막으로 웃으며 잘 있으라고 말하기 위해, 우리는 만나고 서로 사랑한 거야."

너는 자리에서 일어났다.

"앞으로도 잘 지내. 너무 술 많이 마시면 안 돼. 천천히, 천천히 나이를 먹으면서 즐거운 일도 많이 하고, 맛있는 것도 많이 먹고, 실컷 웃어야 해. 내가 계속 지켜볼게."

너는 웃었다.

"생일 축하해, 여보. 당신과 함께 있을 수 있어서 행복했어. 나를 사랑해 줘서 고마워. 언제나 곁에 있어 줘서 고마워."

그때 엄청난 힘이 내 등을 끌어당겼다.

나는 벤치에서 굴러떨어졌다. 거대한 손이 내 어깨를 잡고 뒤편으로 끌어내려고 했다.

나는 엎드린 채 바닥에 손톱을 세워가며 버텼다. 간신히 얼굴을 드니 네가 활짝 웃으며 눈물을 흘리면서 손을 흔들고 있었다. "시……." 하고 나는 소리쳤다. "싫어, 싫어, 싫다고!"

가지 마.

가지 마, 아카리.

나는 너와 함께 네가 꿈꾸던 『One Tone』을 계속 이어가고 싶어. 너와 보고 싶은 것도, 하고 싶은 것도, 가고 싶은 곳도, 먹고 싶은 것도 많아. 너만 있으면 난 괜찮아. 네가 없으면 이 목숨은 아무런 의미가 없어. 남은 인생 따위 가치도 없어. 부탁이야. 부탁이니까 날 혼자 두지 마.

"싫어, 싫어, 싫어, 아카리, 아카리, 아카리!"

나는 정신없이 소리쳤다.

너는 눈물을 방울방울 흘리며 웃었다.

"아니야."

아.

"아니야, 여보. 잘 있어 라고 해야지."

아, 아, 아.

"제대로 말해야 해."

아아아.

"잘 있어."

아.

"잘 있어, 여보."

싫어.

나는 질질 끌려가면서 너와 점점 멀어졌다.

네가 내 말을 기다리고 있었다.

"자."

싫어, 싫어, 싫어, 싫어.

"자, 잘, 잘 있어, 잘 있어."

싫어.

"잘 있어, 잘 있어, 아카리."

싫어.

싫어!

"아아아아아, 잘 있어, 아카리. 아아아, 잘 있어, 아아아아아, 잘 있어, 잘 있어, 아카리. 잘 있어, 잘 있어, 아아, 잘 있어."

그 목소리가 닿았는지는 알 수 없다.

보이지 않는 마지막 순간까지 너는 웃음 짓고 있었다.

울음소리가 들렸다.

가늘게 눈을 뜨니 무수한 흰 점이 찍힌 회색 벽이 보였다. 그게 흐린 하늘에서 내리는 눈임을 알아차릴 때까지 잠시 시간이 걸렸다.

"이부키 씨!"

큰 외침과 함께 내 시야에 스미레 씨의 얼굴이 보였다.

그녀의 눈물이 내 얼굴에 뚝뚝 쏟아졌다. 아니, 눈물만이 아니었다. 잘 보니 그녀는 온통 젖은 채였다. 머리칼에 물방울이 맺혀 있었다.

나는 머리를 들었다. 신에도가와 공원의 정원. 나는 그곳 큰 연못 앞에 누워 있었다. 묵직한 몸에는 아무런 감각이 없었다. 분명 나는 연못에 몸을 던졌다. 그리고 그 후에…….

"아아, 다행이다, 정말 다행이다……!"

스미레 씨가 내 두 손을 꼭 쥐고 울고 있었다.

"상태가 좀 이상해서 쫓아갔더니 이부키 씨가 연못에 뛰어드는 게 보여서."

그녀가 날 구했던 거구나.

내가 무슨 짓을 했는지, 그리고 어떻게 된 건지, 점점 이해가 되면서 내 눈동자에는 눈물이 넘쳤다.

몸을 일으키자 스미레 씨가 내게 매달렸다.

"스미레 씨, 봤어요?"

나는 소리쳤다.

"지금 저기, 제, 아내가. 아카리가 있었어요. 있는 거 봤죠? 여기에 분명, 아카리가, 아카리가 분명 있었어요. 보였죠, 그렇죠?"

스미레 씨는 잠시 침묵하다가 입술을 깨물며 고개를 가로저었다.

"아니요."

나는 오랫동안 스미레 씨에게 몸을 맡기고 울었다.

정신을 차리고 보니 눈은 그치고 구름 사이에서 아침 햇살이 쏟아지고 있었다.

해가 바뀌고 설날 연휴가 끝났다. 도쿄에서는 휴일을 아쉬워하는 사람들의 무리가 꿈틀댔지만, 또 어떤 사건이 일어나고 여전히 변함이 없는 한해가 시작된다.

소식을 들은 나는 오전에 메지로 병원에 들르고, 오후부터 『One Tone』에 가기로 했다.

개점 준비를 해야 한다.

맑디맑은 겨울의 푸른 하늘이 눈부시다. 폐를 탈색시킬 정도로 신선한 공기. 길가 구석에 쓸려서 가득 모여 있는 갈색빛의 눈. 곳곳에 있는 눈사람이 녹아서 물방울을 뚝뚝 흘리고 있었다.

와세다 거리의 사거리에서 신호를 기다리고 있는데 횡단보도 저편에 마호 씨가 보였다. 그녀는 꽃다발을 들고 있었다. 나를 알아보더니 그녀는 작게 손을 들었다.

신호가 바뀌었다.

그녀는 그 자리에서 내가 길을 건너기를 기다렸다.

"안녕하세요, 이부키 씨."

"아카쓰키한테 가는 거죠?"

"네, 오늘은 아주 바빠질 거예요."

"무슨 약속이라도 있어요?"

"네, 이따가요."

마호 씨는 눈물을 머금은 채로 늠름하게 웃었다.

"이따가 아스미 따귀나 한 대 치러 갈 거예요."

마호 씨를 배웅한 후, 나는 다시 걸음을 옮겼다.

『One Tone』에 도착하여 문을 열려고 열쇠를 찾았지만 없었다. 서둘러 병원을 가는 바람에 집에 깜빡 놓고 온 모양이다.

탄식하며 돌아가려고 했으나 어쩌면 가게 뒷문을 열어둔 게 아닐까 하는 생각에 가보니 정말로 문을 잠그지 않고 놔둔 채였다.

내 부주의를 오히려 감사히 여기며 가게로 들어가 정문의 잠금장치를 풀었다.

문을 활짝 열었다.

『One Tone』에 파란빛이 새어 들어온다.

나는 새삼 가게 안을 둘러보았다.

너와의 추억이 가득한 가게.

어쩐지 개운한 기분이 들었다.

가게 앞으로 나가 기지개를 켜고 있을 때 "이부키 씨." 하고 나를 부르는 소리가 들렸다.

그곳에는 스미레 씨가 어쩐지 부끄러운 듯 머뭇거리는 태도로 그곳에 서 있었다.

"안녕하세요. 몸은 좀 괜찮으세요?"

스미레 씨가 물었다.

"감사합니다. 이제 괜찮아요."

"다행이다." 스미레 씨가 안도의 한숨을 내쉬었다.

"스미레 씨는 괜찮으세요?"

"네, 조금 감기 기운이 있지만 많이 나아졌어요."

스미레 씨가 훌쩍거렸다.

"오늘 일은요?"

"에니시다 선생님이 빨리 원고를 마무리해 주신 덕분에 오늘은 오전 중에 일이 끝났어요."

"그거참 다행이네요."

"에니시다 선생님이 나쓰메 소세키 씨를 만나고 나서부터 사람이 바뀐 것처럼 열심히 원고를 쓰시게 됐어요. '나도 그런 대문호를 목표로 열심히 정진해야겠다'라면서 의욕이 얼마나 대단하신지."

"분명 나쓰메 씨도 천국에서 지켜보실 거예요. 혹시 기회가 있다면 얼굴을 비추러 올지도 모르지만요."

"그렇게 되면 또 소식을 전해드려야겠네. 나쓰메 소세키는 에니시다 선생님에게 있어 귀중한 발화제와 같은 분이니까요."

스미레 씨는 미소를 지었다. 그리고 조심스럽게 물었다.

"저어……, 가게는 계속 운영하실 건가요?"

나는 고민하며 대답했다.

"어떻게 할지 생각 중이에요."

"계속 문 열면 좋겠는데. 저는 『One Tone』을 아주 좋아하니까요."

그때 가게 옆 골목이 순간 번뜩인 것 같았다.

뭔가 싶어서 살펴보니 그곳에는 텅 빈 병 하나가 굴러다니고 있었다.

골목길을 자세히 들여다보자 조금 떨어진 곳의 나뭇잎 사이로 쏟아지는 햇살 속에 한 마리의 검은 고양이가 이쪽을 보고 있었다.

나와 고양이는 서로를 가만히 쳐다봤다.

"왜 그러세요?"

내 옆에서 스미레 씨가 골목길을 쳐다보았다.

검은 고양이는 후다닥 뛰어서 저 멀리 사라지는 바람에 이제 여기서는 보이지 않게 됐다.

나는 병을 주워들고 잠시 그걸 바라보았다.

그리고 오른손 손등의 상처가 점차 옅어지고 있음을 알아차렸다.

"……오리지널 칵테일."

"네?"

"오리지널 칵테일을 아직 완성 못 했거든요."

나는 스미레 씨 쪽을 돌아보았다.

"괜찮으시면 시음 부탁해도 될까요?

스미레 씨는 어리둥절한 얼굴을 하다가 곧 기쁘게 미소를 지었다.

"물론이죠."

스미레 씨가 『One Tone』을 향해 발걸음을 옮긴다.

나는 그녀가 가게 안으로 들어가는 걸 보고 나서 뒤를 따라가 문을 닫으려 했다.

강한 바람이 불었다.

가로수가 싸아아 하는 소리를 냈다.

문에 달린 종이 가늘게 진동하며 가게 앞에 누가 있는 느낌이 들었다.

나는 깜짝 놀라 문을 열었다.

아무도 없다.

맑고 푸른 하늘을 올려다보며 숨을 내쉰 후, 나는 눈을 가늘게 떴다.

겨울의 눈부신 햇빛을 눈동자에 새기고 나서 가게로 돌아가 조용히 문을 닫았다.

너와 처음으로 만났던 날의 일은 지금도 선명히 기억하고 있다.

이윽고 눈을 뜬 너의 선배는 "토할 것 같아."라는 그 한마디만 남긴 후, 계산도 하지 않고 너를 혼자 둔 채 빠른 발걸음으로 가게를 나가버렸다.

덩그러니 혼자 남겨진 너는 눈과 입을 떡 벌린 채 부들부들 떨며 "도, 도, 돈이 별로, 없는데요."라고 중얼거렸다.

"어, 어, 어쩌죠? 저, 혹시, 신고당하는 건가요?"

네가 너무 당황하니까 나는 크게 웃음을 터트리고 말았다.

"괜찮아요."

나는 밝게 말했다.

"다음에 올 때 주세요."

그러자 너는 그 말의 의미를 곰곰이 생각하더니 뭔가 알아차렸다는 표정을 지었다.

"감사합니다."

그리고 고양이처럼 살포시 웃었다.

"또 올게요. 꼭이요."

그건 내가 너의 색조에 물든 순간.

너와 나의 『One Tone』이 시작된 날의 일이다.

작가 후기

어느 날 밤, 잠자리에 든 지 한 시간 정도 지났을 때의 일이다.

몸이 둥둥 뜨는 이상한 느낌이 들었다. 눈을 뜨니 마치 무지개를 물에 녹인 것처럼 옅은 색으로 가득 찬 신비한 공간이 펼쳐져 있었다. 숨쉬기에 답답하지는 않았다. 필자는 잠옷 차림으로 그 색채 가득한 옅은 색 바다를 둥둥 떠다니는 중이었다.

곧 오른쪽에서 "어머나~ 도구 씨~" 하는 달달한 목소리가 들려왔다.

살펴보니 10명 정도 되는 비키니 차림의 여자들이 손을 흔들며 이쪽으로 헤엄쳐 오고 있었다.

곧 이쪽에 도착한 여자들은 필자의 오른팔을 붙잡고 "도구 씨~"라고 말했다. "도구 씨~ 아잉~" "멋져요~" "저쪽에서 같이 놀아요~"

자꾸만 부드러운 몸을 이리저리 밀착시키는 여자들 때문에 필자는 금세 "그래요."라고 대답하고 그녀들이 이끄는 대로 어딘가로 따라가려 했다.

그때 이번에는 왼쪽에서 "거기! 몰래 앞지르기가 어딨니?"라는 목소리가 들려왔다.

이쪽으로 몰려오는 건 마찬가지로 10명 정도 되는 비키니 여자들이었다.

그녀들은 필자의 왼팔을 잡고 "이 오빠가 싫어하잖아. 그만 좀 해!"라며 오른쪽 여자들에게 빼앗기지 않으려고 필자의 팔을 세게 잡아당겼다.

"뭐야, 먼저 도구 씨에게 놀자고 한 건 우리라고." "이 오빠는 우리랑 놀 거야." "오빠가 싫어하잖아." "이거 놔!" "놓으라고!"

그런 식으로 여자들은 서로 필자의 팔을 잡아당기면서 필자를 가운데 둔 쟁탈전이 시작됐다.

처음에는 "자자, 그만하시고. 이거 참, 귀여운 아기 고양이들이라니까."라며 어른의 여유를 풍기던 필자였지만 그녀들이 하도 엄청난 힘으로 잡아당기는 바람에 곧 몸이 찢겨나갈 것 같아서 비명을 지르고 말았다. "끄아아아악!"

그러나 아무리 비명을 질러도 그녀들은 필자의 팔을 놓지 않고 오히려 신이 난 것처럼 서로의 반대 방향으로 잡아당기기 바빴다. 필자는 깜짝 놀랐다.

그리고 이제 진짜 몸이 찢어지겠다고 생각한 순간…… "펑!"하고 마치 주머니 속에서 부스러진 비스킷처럼 필자의 몸이 찢어졌다. 아프지는 않았다. 둘이 된 필자를 앞에 두고, 여자들은 눈을 동그랗게 떴다.

"둘이 되면 안 되지."

갑자기 그 여자들 속에 한 명이 그렇게 말했다.

필자는 그 말을 한 여자를 응시했다. 그러다가 문득 알아차렸다.

짧은 검은 머리에 은테 안경을 쓴 그녀는 분명 초등학생 때 필자가 남몰래 좋아하던 애였다. 몸은 어른이었지만, 얼굴과 목소리는 당시와 똑같았다.

"둘이 되면 안 되지."

그 애는 필자를 똑바로 바라보며 다시 한번 그렇게 말했다…….

……그런 신기한 꿈을 꿨다는 것을 자주 가는 바인 『One Tone』의 주인 이부키 씨한테 말했더니 그는 미묘하게 입매만 끌어올렸다.

"둘이 되면 안 된다니, 그게 무슨 뜻일까요?"

필자는 이부키 씨한테 물어봤다.

그는 살짝 지친 듯 웃으며 "글쎄요."라며 고개만 갸웃거렸다.

여자는 '덮어씌워 저장', 남자는 '다른 이름으로 저장'이라는 말이 있듯 남녀가 과거 연애를 대하는 태도는 다르다. 그러나 이 세상에는 '다른 이름으로 저장'하려고 해도 마음속에 한 가지 폴더밖에 만들 수 없는 남자도 존재한다.

남자는 여자가 생각하는 것보다 훨씬 바보다. 게다가 폴더를 하나밖에 만들 줄 모르는 남자는 남성 중에서도 특히 구제할 길이 없을 정도로 그야말로 '한심하다'라는 말이 딱 어울리는 인간이다.

그런 한심함을 꾹꾹 눌러 담으면 우직함이 되고 우직함을 눌러 담으면 파멸이 된다. 그러나 그 파멸로 향하는 여정은 너무나도 고상하다. 남자는 고상함을 갈구하며 산다. 그렇다면 파멸할 정도로 한 여자를 사랑하는 것도 사실은 행복일지도 모른다.

"둘이 되면 안 되지."

필자만이 아니다. 그건 어쩌면 사랑을 경험한 적이 있는 모든 남자를 향한 '한 여자만을 계속 사랑하라'라는 연인으로부터의 메시지일지도 모른다…….

……그런 문학적 해석을 늘어놓자 이부키 씨 옆에서 잔을

닦던 아르바이트 직원 아카쓰키가 혀를 차며 “시끄러워요.” 라고 말했다. “똑똑한 척 설명하는 꼴이 참 거슬리네요. 당신도 바보면서 뭘 안다는 겁니까?”

2016년 11월

도구 코지

너에게 이뤄질 수 없는 사랑을 하고 있어

초판 1쇄 | 2023년 1월 18일

지은이 도구 코지 | **옮긴이** 김진아

펴낸이 서인석 | **펴낸곳** 제우미디어 | **출판등록** 제 3-429호

등록일자 1992년 8월 17일 | **주소** 서울시 마포구 독막로 76-1 한주빌딩 5층

전화 02-3142-6845 | **팩스** 02-3142-0075 | **홈페이지** www.jeumedia.com

ISBN 979-11-6718-233-3

*파본은 구입하신 서점에서 교환해 드립니다.

제우미디어 트위터 twitter.com/jeumedia

제우미디어 페이스북 facebook.com/jeumedia

만든 사람들

출판사업부 총괄 손대현 | **편집장** 신한길

책임편집 민유경 | **기획** 신은주, 장재경

영업 김금남 | **제작** 김용훈

디자인 총괄 크리에이티브그룹 디헌